O jovem
& a praia

CIP-BRASIL. CATALOGAÇÃO NA PUBLICAÇÃO
SINDICATO NACIONAL DOS EDITORES DE LIVROS, RJ

Z23j   Zago, Marcelo
            O jovem e a praia : uma viagem pela mediunidade / Marcelo Zago. – 1. ed. – Porto Alegre [RS] : AGE, 2022.
            112 p. ; 14x21 cm.

            ISBN 978-65-5863-090-6
            ISBN E-BOOK 978-65-5863-091-3

            1. Romance brasileiro. I. Título.

         21-74414   CDD: 869.3
                                    CDU: 82-31(81)

Camila Donis Hartmann – Bibliotecária – CRB-7/6472

Marcelo Zago

O jovem & a praia

Uma viagem pela mediunidade

Editora AGE

PORTO ALEGRE, 2022

© Marcelo Zago, 2022

Capa:
Nathalia Real,
utilizando imagem *Silhueta Da Pessoa No Topo Da Formação Rochosa*,
de Gantas Vaičiulėnas por Pexels

Contracapa:
Imagem de Pexels por Pixabay

Diagramação:
Nathalia Real

Supervisão editorial:
Paulo Flávio Ledur

Editoração eletrônica:
Ledur Serviços Editoriais Ltda.

Reservados todos os direitos de publicação à
LEDUR SERVIÇOS EDITORIAIS LTDA.
editoraage@editoraage.com.br
Rua Valparaíso, 285 – Bairro Jardim Botânico
90690-300 – Porto Alegre, RS, Brasil
Fone: (51) 3223-9385 | Whats: (51) 99151-0311
vendas@editoraage.com.br
www.editoraage.com.br

Impresso no Brasil / Printed in Brazil

Apresentação

A vida se reveste de fundamental importância para o processo evolutivo do espírito. Através dela o ser humano é confrontado por dilemas existenciais que o acompanham do nascimento até a morte. Situações aparentemente sem valia se fazem de grande significado, provocando mudanças no destino de forma surpreendente.

Pessoas que cruzam nossos caminhos, uma mensagem que nos chega de forma casual, um convite aparentemente irrelevante, algo inesperado, momentos imprevistos, são, em muitos casos, oportunidades que nos chegam como chamamentos da Vida Maior.

O fato é que tudo tem um sentido e uma finalidade, mas que na maioria das vezes escapam à limitada visão terrena.

A existência humana, portanto, é uma rica experiência, reservando inúmeros desafios e situações que nos convidam ao exercício do livre-arbítrio, definindo escolhas que vão se refletir no futuro.

Marcelo Zago nos apresenta a vida do jovem Roger, a importância de Cecília em sua caminhada espiritual e os desdobramentos das escolhas que realizou. Como num espelho, nos enxergamos nas personagens e somos levados a olhar para as nossas próprias vidas mediante as reflexões que a história nos proporciona.

A leitura nos faz ponderar sobre a valor dos minutos e das possibilidades em servir, intimando cada um de nós a oferecer algo em favor de um mundo melhor.

Convidamos você, leitor, a iniciar esta jornada que Marcelo Zago nos proporciona. Que a vida de Roger possa servir de inspiração para todos nós.

Porto Alegre, 16 de novembro de 2021.

Gilson Luis Roberto
Médico. Presidente da Associação
Médica-Espírita do Brasil – AME

Sumário

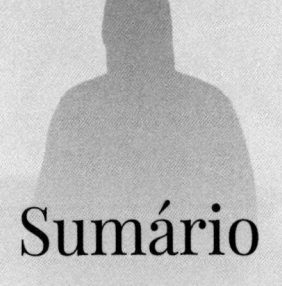

1. Roger e suas circunstâncias 9
2. O grande confronto 15
3. A estrada escolhida 19
4. Oceano de novidades 22
5. O encontro 24
6. Um anjo em sua vida 27
7. O convite 31
8. Contato com o Alto 32
9. Primeira lição 38
10. Força interior 44

11	Revelações	49
12	Triste separação	64
13	A busca pela verdade	67
14	No templo de fé	69
15	O regresso	74
16	Novos rumos	79
17	O maior desafio	81
18	A luz interior resplandece	83
19	Embate com autoridade	89
20	Explicações do Alto	93
21	Descobrimento do invisível	98
22	Mensagem divina	103
23	O inesperado	107
24	"Aqui viveu um grande homem"	110

1
Roger e suas circunstâncias

No Brasil, terra do samba, do carnaval, do futebol, da imensa costa litorânea, da diversidade, cada lar tinha seus encantos e desejos. O país era repleto de sonhos de norte a sul. Muitas culturas formavam a história nacional. Mais ao sul, onde o frio modificava a paisagem no inverno, envolto pelo costume europeu e da tradição da lida do campo, muitas famílias fugiam das modernidades, dos novos ritmos culturais inovadores, das culturas alternativas.

As famílias viviam em sólido ritmo de geração em geração, onde antes de qualquer coisa se pensava nos laços construídos pelos antepassados, sendo que as decisões sobre o futuro levavam em conta a continuidade dos desejos familiares.

Foi assim, na bela e formosa cidade de Porto Alegre, numa família de um comerciante, que Roger, o filho único, um jovem estudante que tinha todas as condições, ao contrário da maior parte da população. Estudava em boa escola particular, residia em casa espaçosa, em bom bairro, e sua mãe era mais uma daquelas senhoras que fazia tudo para seu filho. Café na mesa, cama pronta e roupas amorosamente limpas.

O pai, um eficiente comerciante, tinha um estabelecimento que era ponto de referência na cidade. Pessoa simples, mas extremamente trabalhadora. Ergueu seu negócio depois de vir do interior. Não tinha muita habilidade para educação, levando seu filho como fazia no comércio, na ponta do lápis – prático, objetivo e visando a resultados. Nada de muita conversa. E ai de Roger se não andasse na linha!

O país vivia um grande momento, economia pujante, bens de consumo para todos, classe média vivendo o apogeu.

Roger cursava o Ensino Médio, com notas razoavelmente boas, sem reprovação. Já falava fluentemente três idiomas e era muito inteligente. Como todo menino com pais trabalhadores, tudo que pedia tinha. A vida estava numa rotina de escola, casa, lazer...

De um momento para outro, o futuro começou a importar na vida de Roger. Era chegada a hora de começar a pensar na profissão que escolheria, qual faculdade iria cursar. Os pensamentos começaram a vir de maneira muito rápida, com muitas informações e assuntos correntes entre seus colegas. Muitos já tinham uma carreira pronta em seus pensamentos, por influência dos pais ou por força do meio onde viviam. Um dizia que a Medicina era sua escolha, enquanto outros optavam por Engenharia, Direito, Filosofia... Mas Roger estava perdido... Aquele não era seu momento...

Certa manhã, após tomar o seu café, que o estava aguardando na mesa farta, após noite longa de sono, quando foi acordado por sua querida mãe, por quem tinha enorme respeito e consideração, notou em si uma tristeza profunda e um desânimo. Não tinha forças para encarar mais aquele dia... Tudo parecia cansativa repetição. Os pensamentos lhe cobravam uma postura, a sociedade lhe exigia uma direção; já era o momento da escolha de seu futuro. E não podia, por força dos acontecimentos do meio em que vivia, postergar. Nada de ficar parado, deixando o tempo passar.

Não fazer a prova de vestibular era uma derrota no meio em que vivia. Não ter profissão era desapontar sua família, que investira anos de dedicação e gastos para que o jovem tivesse uma profissão. Mais do que isso: um futuro! Exatamente assim é que se sentia.

Mas, em seu íntimo, ainda não vivia esse momento. Não podia seguir algo que não enxergava somente para contentar o ciclo em sua volta. Era chegada a hora da escolha.

Olhava para frente e não conseguia prosseguir, mirava a sua volta e tudo se movimentava com colegas, vizinhos, conhecidos e amigos se preparando e sonhando com o futuro, ao passo que, quando se virava para trás, via sua família em plena expectativa.

Certa vez um tio muito próximo arriscou:

– O Roger? Esse menino é de ouro. Será um cientista. Nasceu para isso.

Sua avó materna certa vez lhe confidenciou que aguardava sua escolha para a área do falecido avô, próspero médico da capital.

Enfim, Roger precisava de liberdade; era muita pressão. Não aguentava mais. Queria fugir. Via nessa alternativa a saída mais honrosa para seus problemas. Estava cansado da sociedade. Algo no seu interior que não conseguia identificar lhe dizia que aquela vida imposta pelo sistema não era sua. Precisava de algo que lhe desse vontade de viver.

Numa tarde de um sábado, quando já tinha colocado seus estudos em dia, olhou pela janela e decidiu sair para passear numa praça qualquer, colocar seus pensamentos em ordem. Perto de sua residência tinha um grande parque, com árvores altas, boa sombra, um lago com pedras em volta, quando decide sentar e pensar. Colocar as ideias em dia, analisar o que fazer.

Era um jovem de expressão sutil, boa conversa, sorridente, de muitos amigos, estudioso, um filho muito querido. O problema estava dentro de si, e isso ele já reconhecia. Em sua volta estava tudo bem, até demais. A vida não o surpreendia tanto; já era rotina. Mas dizia para si mesmo: por que não sou feliz?

Tinha um sonho de liberdade, queria sair pelo mundo destemidamente e viver.

Gostava muito da natureza, tendo sua paixão na praia. Aliás, nos intervalos da escola e dos cursos que frequentava, essa era a grande emoção de seu tempo. Roupas, moda, vocabulário estavam voltados para as modalidades esportivas do mar. Ganhara no ano anterior uma prancha de *surf*, que até servia de decoração do seu quarto no período escolar.

Seus colegas, nos finais de semana, se dirigiam ao litoral rotineiramente, para a prática do *surf*. Muitas vezes fazia parte do grupo. Já estava sendo o destaque da turma. Corpo avantajado, excelente forma física, musculatura imponente e extremamente carismático.

Mas, nesse parque, em que fazia tais retrospectivas, os pensamentos começaram a remeter a momentos felizes. Passava em sua lembrança um acontecimento ocorrido naquele ano, no inverno, em que as ondas gigantes intimidaram muitos. Num final de semana, resolveu entrar na água fria e desafiar o mar revolto. Quando a maior onda do dia despontou no horizonte, Roger começou a remar em sua direção, chamando a atenção das pessoas que o estavam observando. Ao se aproximar da grande onda, agarrou com rapidez a prancha, virando-se, e se jogou a remar. Ao pegar a onda, todos ficaram maravilhados com tamanha coragem, tanto que na plataforma marítima, que penetrava centenas de metros no mar, próxima a ele, pescadores o aplaudiram entusiasmadamente. Ao sair do mar, era pura bajulação pelos amigos e das pessoas que lhe assistiam.

Sentado em frente àquele lago, então, do formoso parque, lembrava-se daquilo que mais o acalmava e lhe fazia bem. Via na natureza algo que o completava. Não sabia dizer o motivo, mas notava os efeitos prazerosos da vida que sentia dentro de si. Era algo novo; não entedia, mas começava a gostar do que sentia. Uma força interior, um desejo o convidava ao convívio com a natureza, à tranquilidade, à busca da paz interior.

Lembrava-se dos modestos pescadores que conhecia em suas idas para a praia, da rotina humilde. Mas o que mais o surpreendia era que na praia todos eram iguais. Pensava que o chinelo de dedo igualava a todos. Ali ninguém era melhor que ninguém. Seus amigos abastados, cujos pais e suas propriedades assombravam a sociedade com tamanha riqueza, nada tinham de diferente quando estavam na beira da água. Mesmo quando praticavam o esporte, cada indivíduo tinha sua importância na sua simples existência, mas ninguém era mais importante do que ninguém.

O que o deixava triste era que por trás de todas as escolhas profissionais havia uma pretensão pessoal das pessoas do seu ciclo em quererem ser melhores que os outros. Era pensar na praia, e tudo melhorava em sua volta; era um remédio para seus problemas.

Aqueles pensamentos lhe despertavam um momento diferente. Sentia-se voar, numa leveza incrível.

No entardecer do parque, a tranquilidade começava a lhe restaurar as forças, enquanto a brisa envolvia seus sentidos. Quanta paz! De repente, disse para si mesmo: Eu preciso de natureza. Vou morar na praia.

Era isso. Agora tudo lhe parecia fazer sentido: Eu preciso disso, viver em paz comigo mesmo. Se a escolha é minha, eu que arco com as consequências. A vida é minha.

Ao regressar para sua casa, faltava coragem para expor sua vontade, agora descoberta: Não quero o que as pessoas normalmente desejam. Dizia que este mundo é feito de pensamentos cruéis e egoístas.

2

O grande confronto

Era hora do jantar, todos reunidos. Família típica daqueles encontros formais. Pai na cabeceira da mesa, mamãe sorridente servindo a todos.

Roger sabia do desafio e da dificuldade. Era sustentado pela família. Como não tinha profissão, a família o poupara do trabalho até então. Tinha tudo e ainda queria romper com a força inexorável da vida. Sabia das represálias e das dificuldades em tomar tal decisão. Pensava: Como vou começar o assunto? Meu pai vai me matar!

Todos comeram aquele jantar, mas o gosto para Roger era diferente, pois o pensamento já o remetia a sua nova morada e sabia que a comida da mamãe lhe traria muita saudade.

O senhor Pascoal, pai de Roger, ameaçava levantar-se da mesa quando ouviu um pedido:

– Pai, preciso conversar com todos.

O pai voltou a sentar-se e, com olhar profundo, afirmou:

– Pode falar.

Roger sentiu um frio na barriga, mas já estava decidido:

— Estou confuso. Sei que tenho que decidir agora os rumos de minha vida. Mas minhas forças me levam para outro lugar que não aqui. Não me vejo em nenhuma profissão. Decidi morar no litoral; esse é meu futuro. A natureza é meu lugar.

O patriarca da família quase caiu da cadeira e, num berro, disse:

— Como é que é?

— Você está louco?

— Acha que a vida é brincadeira?

Olhando rapidamente para sua esposa, com quem já confidenciara enorme preocupação com o futuro de seu único filho, passou a inquiri-la:

— Você sabia disso?

Vilma, também perplexa, de forma rápida, afirmou:

— Não. Claro que não sabia!

Pascoal voltou o olhar para Roger e imediatamente lhe impôs com seu poder absoluto:

— Isso é mordomia demais. Falta de ocupação útil. Precisa trabalhar, suar, ter responsabilidade, pagar suas contas. Isso deve ser coisa dos seus colegas, aqueles mimadinhos, filhinhos de papai.

Roger, rapidamente defendendo-se, ponderou:

— Não, pai. Tenho pensado muito nisso. Foi minha decisão. Agora decidi. Não tem mais jeito. Preciso ser feliz. O único lugar em que fico tranquilo e de bem com a vida é junto ao mar.

O pai, com os nervos em polvorosa, interrompeu em tom fulminante:

— Posso saber como irá pagar suas contas?

Roger, que tinha meditado sobre suas escolhas, agora carregava essa nova preocupação. O rumo da conversa era irreversível. Pelo visto, não apenas as escolhas eram suas, mas também a responsabilidade no pagamento de todas as despesas.

Em segundos, sua vida passou diante dele: cama quente, roupas da moda, comida, televisão, diversão, tranquilidade e nenhuma preocupação. Tudo em instantes tinha desmoronado.

Num lance, arranjou a única resposta que lhe apareceu:
– Vou viver do mar.
– Do mar? Vai ser pescador? Pelo menos já pescou alguma vez? Mas era só o que faltava! Paguei uma fortuna para formar um pescador... É o fim do mundo!

Roger via que o momento era muito difícil, mas a notícia tinha sido dada. Agora era hora de conversar, tentar minimizar as emoções. Controlar, na medida do possível, aquele clima tenso.

– Pai, jamais deixarei de ser seu filho, tampouco de amar a mamãe e o senhor. Mas estou em pleno desconforto. Já não vivo mais na espera de uma solução para esse problema, que para mim é novo. Do que me adianta ser algo que não desejo? O senhor, por acaso, gostaria que seu filho fosse infeliz?

O senhor Pascoal ficou em silêncio por um tempo, mas voltou a dialogar:
– Roger, a vida não é isso. Ninguém é feliz. Todos temos problemas diários para resolver, contas para pagar, compromissos para honrar. Ser feliz não é fugir dos compromissos e esperar que tudo caia do céu. As coisas da vida são conquistadas com trabalho, cada qual com suas especificida-

des; isso é uma lei da natureza, meu filho. Não basta viver contemplando a natureza para ser feliz. Até os peixes do mar trabalham, porque se nada fizerem morrem de fome.

O senhor Pascoal prosseguiu:

– Roger, você é um menino inteligente e consegue entender o que exponho agora. Minha preocupação é dar o melhor de mim para que você tenha futuro. Sei também que o seu futuro pertence a você mesmo e não posso tomar essa grande decisão por você.

Roger se surpreendeu com a visão de seu pai, que tocou como jamais antes seu coração. Nunca tinha ouvido tamanha lição de vida. Não podia negar que havia uma lógica ponderável no que ouvia. Sabia também que aquelas palavras ecoariam forte dentro dele por muito tempo. Mas tinha que manter sua decisão; o orgulho nesta altura lhe falava mais forte. Manteve-se firme. Sobre o ponto de vista do mundo, seu pai conduzia a conversa com uma lógica incontestável.

Antes mesmo de voltar a falar, Roger ouviu a última ponderação de seu pai:

– Muito bem, Roger, agora é por sua conta. A partir de hoje você é o dono de seu futuro. Nem imagino como começará, mas vou torcer para que um dia tenha juízo. Só espero estar vivo ainda para ver isso. Garoto, de minha parte não terá mais ajuda financeira, porque, se é homem para tomar essa estúpida decisão, deve ser homem para pagar suas próprias contas.

A partir desse momento, Roger passou a ter nova preocupação: como faria para iniciar esta nova estrada, este novo rumo. Onde iria morar, como faria para sustentar-se, o que faria...

3
A estrada escolhida

O final do ano chegou, a despedida coletiva também, com colegas em plena realização de suas escolhas, sonhos, planos e festividades de encerramento dos estudos.

Uma solidão inimaginável tomou conta de Roger... Não parava um instante de pensar em seus pais, que viveram a vida para manter os estudos e planejar o futuro profissional dele.

Mas Roger, assim que via tal pensamento levá-lo a um tormento interior, projetava a praia em sua frente. Imaginava o pôr do sol, a areia branca, as ondas e todos os momentos com seus amigos.

Chegara o momento crucial, quando Roger começou a arrumar seus pertences para viver seu sonho. Dona Vilma não teve coragem de chegar perto do quarto de Roger, escondendo-se nos afazeres domésticos.

Então, Roger, ao aprontar a mala, pegou sua prancha, desceu a escada da parte superior da residência em que vivia, procurou sua mãe, que estava chorando, e ouviu uma voz suave:

– Meu filho... Meu filho... O que você está fazendo de sua vida? Seu pai vai adoecer. Você passará dificuldade desnecessária, meu filho.

Roger sabia que aquelas palavras vinham de alguém que dedicara a vida para cuidar dele, e certamente lhe tiraria o sentido da existência, tamanha a dedicação que sua progenitora lhe tinha. Ao mesmo tempo, aquelas palavras representavam uma verdade em certo modo, pois as dificuldades eram reais e as dúvidas muitas.

Entretanto, estava em busca do seu sonho...

Tinha que ter coragem, e pensar negativamente representava enterrar seus projetos de liberdade.

Procurou encorajar sua mãe e segurar o choro, cortar as emoções. Tinha que ter firmeza. E isso tentou demonstrar, embora por dentro fosse apenas emoções.

Abraçou dona Vilma, beijando-a demoradamente. E em tom suave disse a ela:

– Mamãe, fique calma. Não há partida, mas um até breve. Serei seu filho querido e sempre estarei em pensamento com a senhora. Papai e a senhora não estariam sempre comigo. Algum dia teria que encarar a vida, não é verdade?

Dona Vilma, muito nervosa e preocupada, argumentou:

– Roger, mas poderíamos fazer coisas menos arriscadas. Deve existir outro modo de não expor sua vida a tantas dificuldades extremas. Sair agora, sem uma formação, pode ser algo irreversível. Por que você não me falou antes, para tentarmos encontrar alguma solução mais harmoniosa, menos traumática, tentando convencer seu pai e buscando o auxílio dele?

Roger voltou a expor:

– Mamãe, a senhora sabe que pela imposição da família e pelos ideais da sociedade não haveria outro caminho para eu convencer o papai de que não quero as profissões oficiais, mas sim viver em liberdade e na natureza. Acho que a conversa foi pelo menos direta e franca, como o papai gosta. Agora tudo está decidido. Preciso ir.

Então Roger partiu rumo ao litoral com as pequenas economias que conseguiu amealhar ao longo do ano, com um pequeno auxílio de sua mãe, que bondosamente lhe entregou toda a importância que possuía, retirando dos valores entregues pelo seu marido para as compras de manutenção do lar. Não era muito dinheiro; apenas o suficiente para uns três meses.

Levava consigo mala, cobertor, travesseiro, celular da última geração, coletânea de músicas preferidas e sua prancha.

4
Oceano de novidades

Ao chegar no litoral, sentiu um vazio... Para qual lado ir? Onde vou morar?

Decidiu ir numa pensão, pois suas condições financeiras não lhe permitiam outra escolha.

Ao chegar no referido estabelecimento, foi a um quarto. Apenas uma cama, um pequeno armário e um banheiro. Nada mais... Sequer televisão tinha.

Roger deitou e adormeceu, já era tarde da noite.

No dia seguinte, abriu os olhos e percebeu que a vida era outra; precisava agir, uma vez que não contava mais com o apoio da família.

Saiu da pensão e na esquina foi tomar um café com sanduíche. Sabia que precisava economizar.

Logo lhe veio um pensamento: antes eu tinha o problema da escolha do futuro, uma profissão; agora tenho outro problema: a manutenção nesta nova escolha. Muda o problema, continuam os desafios. Antes eu tinha vida boa, casa para morar, comida; apenas me preocupava com os estudos. Agora tenho o sonho da liberdade, mas a preocupação me assombra com minha manutenção nesta nova escolha. Puxa vida! Parece que sou um fugitivo de mim mesmo...

Logo, ao se aproximar do mar, avistou as ondas e se esqueceu de tudo. Era hora de surfar...

Os dias passavam como um raio, e o *surf* era a sua grande companhia. Quando a tristeza batia às portas da consciência, era nele que se apoiava.

Mas não tinha mais como se manter, e o trabalho passou a ser sua grande preocupação. Alguns pequenos serviços apareceram, como jardinagem, pintura, segurança de um bar no centro da praia, mas nada de grande importância ou efetivo. Tudo era transitório.

De um momento para outro, estava sem rumo novamente. Não se encontrava. Se as profissões oficiais não lhe davam felicidade, aquela vida tampouco.

Não queria pedir nada para ninguém, mas a vida começava a lhe impor tais limites severos de manutenção. Iniciou um sentimento de revolta com a vida e com o sistema. Questionava o sistema como um todo, a política, as instituições, a sociedade. Para ele tudo estava podre e havia injustiça. O mundo estava errado.

5
O encontro

Um belo dia, andando pelo centro da cidade litorânea em que vivia, foi comprar umas frutas com a pouca quantia que tinha. Quando entrou na feira pública que se realizava uma vez por mês naquela localidade, quando os estabelecimentos da região eram convidados pela municipalidade para lá concentrarem um dia de vendas, notou que uma senhora de vestes modestas, com postura muito cordial e amável, lhe direcionou um olhar muito diferente. Num primeiro momento achou que era por acaso. Mas o impulso o direcionou para próximo dessa senhora. Ela continuava a olhá-lo com muita calma e feições de bondade. Foi uma cena desconcertante. Roger, além de não entender o motivo, também não conseguia manter os olhares que passavam a intimidá-lo. Não entendia por que se sentia bem perto daquela senhora. Então cumprimentou-a, dizendo:
– Bom dia.
E a vendedora lhe disse:
– Muito bom dia.
– O senhor deseja comprar alguma fruta?

Roger, nesta altura interessado na conversa, respondeu:
– Olha, senhora, eu tenho pouco dinheiro e preciso comprar algo que me alimente e possa me nutrir por mais tempo.

Os olhos da senhora vendedora brilhavam de forma diferente, sendo que as expressões faciais acompanhavam um toque de felicidade e leveza. Roger não entendia por que a senhora agia assim. Parecia que tinha algum motivo para se alegrar ao vê-lo. Talvez sabia de algo que era desconhecido por Roger. Perguntou-se intimamente se aquela senhora o conhecia de algum lugar, enfim...

Ato contínuo, a senhora, com olhar profundo e interessada na questão exposta por Roger, passou a considerar:
– Meu filho, pegue estas maçãs e estas uvas, que lhe dou gratuitamente, pois vejo que seu coração está partido. Todos temos atribulações na vida e todos estamos em busca de algo. Somente a solidariedade é capaz de preencher nosso vazio e servir de bálsamo para os problemas.

Aquelas palavras soaram de maneira muito contraditória dentro de Roger, que ao mesmo tempo via um gesto muito diferente numa pessoa que sequer conhecia. Perguntava-se o que ela queria dizer quando afirmou que seu coração estava partido. Por que agia assim com ele, um desconhecido?

O fato é que, sem conhecer os motivos da atitude daquela boa senhora, via como um gesto muito bonito; não entendia o alcance daquelas palavras. Lembrava-se de sua mãe.

O tempo foi passando...

Todos os dias a beira do mar era um refúgio. Um ritual diário, em direção ao mar, carregando sua prancha. Quando olhava a areia, o sol já se expondo, a brisa do amanhecer e as ondas provocando-o para novos desafios, conseguia momentos de descanso no seu íntimo. Já era um exímio surfista. Seu corpo era de um superatleta. Entretanto, seu interior era um oceano de incertezas que tentava camuflar com o mundo magnífico exterior, em que se propunha viver.

Mas, cada vez mais o cansaço da vida começava a massacrá-lo. Seu olhar era profundo e lento.

Já era um prisioneiro do seu novo mundo. A lembrança do encontro com aquela senhora voltava de vez em quando. Não sabia o que existia por trás da atitude dela.

Mas, como todo jovem, impetuoso e desafiador, tais lembranças forçavam descobrir o que existia de diferente naquela senhora. Tinha que ir em busca de tal explicação.

6
Um anjo em sua vida

No final de um dia de *surf*, Roger deixa sua prancha na pensão, toma banho e decide ir caminhando até a feira, uma vez que aquele era um dia em que tal evento ocorreria na rua improvisada pela prefeitura. Era o local onde a cidade oferecia verduras, frutas e legumes para aquisição. Ao chegar, Roger corre os olhos rapidamente para a bondosa senhora, e lá estava ela. Estava de costas, porém, parecendo que pressentia a presença do jovem, calmamente se virou e o enxergou, o que ele notou de imediato, indagando-se: Por que ela virou bem na hora que cheguei e olhou diretamente para cá?

Com um pouco mais de intimidade no olhar, ela sorri, como que convidando-o para uma conversa. Roger, muito intimidado com tal situação, aproximou-se como que sem querer...

Ele a cumprimentou, o que foi retribuído com toda a cordialidade. Em seguida perguntou se ela dispunha de algum legume, embora desta vez deixasse claro que pretendia pagar. Entre eles já havia um sentimento de cumplicidade, uma quase ligação. Roger teve todo o cuidado em se aproximar. A senhora, sempre sorridente, lhe alcança os produtos solicitados.

Mas Roger precisava iniciar uma conversa... No encontro anterior, algo lhe provocou uma reação interior, que estava adormecida e não sabia. Também precisava de um ombro amigo, num mundo de tantas desilusões.

A senhora, percebendo a situação, logo se adiantou:
– Dias difíceis, não?
Roger, quase que por impulso, respondeu:
– Muito.
E ela em seguida afirmou:
– Mas vai passar, meu filho.
Roger, absolutamente espantado, perguntou:
– Como a senhora sabe?
Em tom afetuoso, a senhora respondeu:
– Sinto em meu coração.

Essa resposta gerou dúvida e desconfiança em Roger. Afinal de contas, não estaria ela enganando-o, talvez mentindo. Isso fez com que indagasse:
– E se não ocorrer o que a senhora está afirmando?
Novamente, a generosa senhora ponderou:
– Meu filho, deixa o tempo agir, e verá. É só o que posso dizer.
– Qual o nome da senhora?
– Eu me chamo Cecília.

Com uma intimidade maior, agora com confiança no diálogo e com dúvida capaz de corroê-lo por dentro, foi direto ao ponto:

– Como a senhora sabe disso? A senhora é uma espécie de bruxa ou vidente?

A senhora, calmamente e sem elevar a voz, referiu:

– Sua dúvida é justa, e eu não vejo razão para não lhe responder, embora entenda que você ainda não está preparado para tal explicação.

– Digamos que carrego comigo uma conexão com o Alto e que tenho facilidade para ver os seus problemas. Não me custa auxiliá-lo.

Roger voltou a questioná-la:

– Mas me auxiliar em quê?

A senhora respondeu:

– A se encontrar e ser feliz. Você sabe a busca constante em que se encontra e o estado atual de sua vida.

– Mas como a senhora poderá fazer isso? Possui algum poder especial vindo do além?

– Meu filho, todos temos esse sentido dentro de nós; apenas desconhecemos tal mecanismo. Ninguém é privilegiado na natureza; todos nascemos simples e ignorantes e vamos evoluindo conforme nossos esforços.

Roger notava que as respostas vinham acompanhadas de uma bondade fora do comum, com voz muito doce. O olhar da senhora era profundamente comovente, e o bem-estar deixava todos em plena alegria. Notava que as pessoas que a conheciam mudavam o semblante e a voz ao conversar com aquela meiga anciã; tudo parecia diferente.

Em seu coração sentia verdade no que era dito, e o mais impressionante era que nada em troca pedia; era uma boa ação que necessitava realizar naquele momento. Mas talvez o local do diálogo impedisse maior aprofundamento, pois logo em seguida outras pessoas exigiam a atenção da vendedora, que com o mesmo zelo e carinho atendia a todos. Naquele instante, Roger não via mais condições de continuar a proveitosa conversa e decidiu, a contragosto, se despedir.

Não obstante, a senhora, vendo a partida de Roger, fez um convite:

– Meu filho, quando fecho a feira ao anoitecer e quando a inicio, preciso de um bom auxiliar, que carregue as caixas e me ajude a montar a estante. Vejo que você está em busca de uma ocupação, por isso, se aceitar esse trabalho, posso remunerá-lo adequadamente. Nos demais dias, tenho tarefas internas para coletas de produtos, em que você também pode me ajudar, se assim quiser.

Roger sorriu, como se um anjo conhecesse suas necessidades, e prontamente respondeu:

– Aceito, sim. Será um prazer auxiliar a senhora.

No primeiro dia de trabalho, Roger queria conversar intimamente com aquela pessoa sábia, porém os afazeres não permitiam espaço para indagações. Sempre ficava no campo de visão para que pudesse cuidar daquela pessoa que tanto carinho e acolhimento lhe dera.

Notava que Cecília agia com amorosidade em todas as situações e sempre compenetrada nas tarefas do dia a dia. Não tinha coragem de interrompê-la com seus questionamentos.

7

O convite

Certo dia, no horário de descanso do turno da tarde, Roger estava sentado numa caixa comendo um sanduíche e tomando um suco, quando Cecília se aproximou e sentou-se ao seu lado. Viu a dedicada senhora olhando para o horizonte e iniciou um daqueles tão esperados diálogos.

– Meu filho, vejo que está gostando do trabalho.

– Certamente – Respondeu Roger.

– Agradeço seu esforço em nosso estabelecimento e fico feliz em tê-lo conosco.

– Capaz! Eu que sou eternamente grato.

– Gostaria de lhe fazer um convite – disse Cecília.

– Minha modesta residência possui um dormitório desocupado, desde que meu filho mais moço se casou e foi morar na capital. Se você desejar, pode residir lá sem custo.

Mais uma vez a meiga senhora o surpreendeu, agora com mais um convite irrecusável. Roger, sem vacilar, respondeu afirmativamente, com seu íntimo em plena alegria.

8

Contato com o Alto

Assim, no final do trabalho do dia seguinte, Roger se dirigiu ao novo lar. Casa modesta, de madeira, escondida no meio das dunas da praia. Residência cuidada com muito esmero, limpa e muito bem organizada. Surpreendeu-se com a simplicidade. Gostou de seu quarto, do novo local para guardar seus pertences, cama, armário, e a vista pela janela, que permitia ver o mar, sua grande paixão.

Naquele dia mesmo, depois de uma pequena refeição, sem querer interromper os afazeres daquela sua benfeitora, que nada queria em troca, quando estava acomodado vendo o anoitecer pela janela, percebeu que Cecília se aproximava fazendo-lhe a sugestão de se sentarem à mesa.

Nesse momento, a nobre senhora convidou Roger para uma prece. Ele ficou muitíssimo encabulado e não entendeu o motivo de tal iniciativa. Nunca havia sido convidado para fazer uma prece. O pouco conhecimento que tinha era das aulas de religião na escola e naqueles cultos vistos pela televisão de pastores ou padres. Mas a confiança naquela senhora já era tamanha que aceitava qualquer convite, em razão da pessoa que o fazia. Ficou em silêncio e deixou Cecília conduzir aquela situação.

Ato contínuo, Cecília fechou os olhos, ficou em silêncio, com as duas mãos unidas, enquanto Roger observava tudo com muita atenção, repetindo os mesmos gestos como sinal de respeito. A doce senhora parecia estar levitando, quando a suavidade de sua voz faz o ambiente se modificar em paz e tranquilidade, passando a dissertar palavras com muita alegria e pedir amparo ao Senhor dos mundos para aquele ambiente doméstico e em especial ao Roger.

Invocava as forças sublimes da natureza e pedia que as bênçãos do criador do universo pudessem amenizar os sofrimentos de todos os companheiros de jornada, dos amigos aos eventuais desafetos do caminho. Notou que a fisionomia de Cecília mudou completamente, como se suas expressões faciais, que já eram suaves, ficassem ainda mais, revelando estar serena e profundamente envolvida por uma energia que ele desconhecia. Via em Cecília uma força diferente e sua pele mais clara. Em sua volta, percebia uma suave claridade, quando então tentou buscar de onde vinha aquela luminosidade diferente.

Roger ficou comovido com mais um gesto de pura bondade da senhora, que passava a estimar, indagando mais uma vez de onde vinham aqueles conhecimentos e por que se sentia tão bem sempre na presença de Cecília. Era comovedor ver o jovem tocado pela postura da boa senhora. Achava que tinha terminado a tal solenidade, quando Cecília ponderou:

— Meu filho, a vida reserva a todos desafios e acontecimentos. Somos todos filhos de uma força maior que tudo vê e que a tudo governa. Precisamos entender as leis da vida para que nossos propósitos se entrelacem com o Criador. Lutar contra a correnteza é esforço em vão.

Roger, ouvindo aqueles conhecimentos, que jamais tinha escutado, indagou a sábia senhora:

— A senhora é de alguma religião?

— Meu filho, que importância tem eu ser desta ou daquela linha de pensamento? O que importa é sermos da verdade. Não se prenda ao que o homem inventou, mas pense no que o pai da natureza está ensinando todos os dias.

— Peço desculpas à senhora, mas de onde a senhora tira tanto conhecimento?

— Filho meu, a vida é fonte infinita de sabedoria e conhecimento. Basta olharmos a nossa volta e vermos a grande obra do Criador. Precisamos nos conhecer interiormente para obtermos os reais resultados da vida. A fonte eterna da vida, nosso Pai, está em toda parte e dentro de nós. Neste momento me rotular com os invólucros terrenos, como seitas, religiões, dogmas, só afasta pessoas do caminho. Todos temos o compromisso de nos unir no amor infinito de Deus e difundir a fraternidade por toda parte, inclusive perante os outros seres da criação, como os animais. O Pai está nas ciências, na política, nos homens e nas mulheres de boa vontade.

Para Roger, ouvir Cecília era sentir uma sinfonia, uma força da natureza, como as ondas e o mar, que tanto o alegravam. Ficava emocionado, e algo dentro de si mudava, mas não conseguia explicar, pois era um mundo novo.

E continuou Cecília:

– Todos na natureza têm o direito de viver, pois assim o Pai o quer. Não obstante, se não agirmos com amor, as consequências não serão agradáveis. Deus é tão generoso que nos permite termos o livre-arbítrio, mas nos limita com suas leis. Essas leis são imutáveis e sempre existiram na natureza, pois nasceram com ele e estão desde a eternidade.

Roger, envolvido no assunto, passou a indagar:

– Desde quanto tempo existem essas leis e onde elas estão escritas?

Com olhar compassivo e terno, Cecília explicou:

– As leis da natureza existem desde quando Deus existe; não tiveram o começo, como estamos acostumados nas coisas vigentes na matéria, como pedra, areia, água, etc. No nível existencial em que estamos, em nosso plano, temos a ideia de tempo e espaço, que obviamente não se aplica ao Pai. Como tudo, foi Ele que criou o tempo e o espaço. Nos planos sublimes da vida, não existe o tempo e o espaço, como estamos acostumados; vive-se na eternidade. Sei que tais conceitos por vezes nos perturbam, mas isso saberemos conforme formos amadurecendo espiritualmente. Tais leis são vistas por toda parte no universo; basta observarmos.

E prosseguiu Cecília:

– Meu filho, na noite de hoje gostaria de abordar um assunto muito importante para todo ser humano, que se chama "lei da causa e efeito". Essas escolhas que fazemos em nossa vida, por mais simples que sejam, geram resultado. Não há nenhum ato, gesto, palavra ou pensamento que não gere efeitos. Por isso, precisamos cuidar de nossas emoções, de nossos sentimentos, das ideias que nos chegam e dos atos que praticamos, pois os resultados que temos em nossa vida são frutos de escolhas. Uma das leis que imperam no universo é esta que impõe ação e reação. Com ela conseguimos a explicação de tudo que ocorre em nossa volta e também nos motivos reais daquelas situações que achamos injustas. Assim, quando vemos uma pessoa nascer com uma debilidade qualquer, ou uma situação econômica difícil, temos que nos reportar a momentos anteriores, em que aquela pessoa fez incidir as leis de Deus.

Roger, maravilhado com as amáveis palavras, interrompeu:

— Mas se as pessoas já nascem assim, quando elas teriam acionado tal lei? Existe vida anterior a ela?

A benfeitora atenciosamente respondeu:

— Exatamente, você já está enxergando aspectos da vida importantes para entendermos o assunto. Você encontrou agora, sozinho, a reencarnação. Isto é, para entendermos a referida lei de causa e efeito, temos que compreender que, como espíritos imortais, somos viajantes do tempo e passamos por existências. Somente assim compreenderemos por que uma pessoa já nasce no berço de ouro enquanto outras padecem no sacrifício.

Roger continuou:

— Como assim, somos espíritos?

Cecília explicou:

— Meu filho, você não é este corpo; você está em um corpo. Somos uma centelha divina que habita transitoriamente um corpo, como se fosse uma roupa.

Roger, que jamais tinha ouvido falar de tal assunto, um pouco surpreso e um tanto confuso, voltou a dialogar:

– Mas quando morremos e somos enterrados, não termina tudo?

Cecília esclareceu:

– O enterro é da roupa que nos serve de veículo deste mundo. Ninguém é enterrado. Ninguém morre. Deus nos fez para sempre.

Roger, cada vez mais curioso, voltou a perguntar:

– Mas então vamos para onde?

– Meu filho, existem, como na Terra, lugares no universo em que se habita. Existem cidades espirituais e locais de atendimento, hospitais. Isso em toda parte da Terra e no espaço. Conforme o aprimoramento interior das pessoas, elas vão para lugares melhores e em planos de vida mais e mais felizes.

Cecília, vendo que muitas eram as informações que Roger tentava assimilar, num gesto de afeto, lembrou:

– Já está tarde da noite. Já dialogamos sobre importantes pontos, de forma agradável, e amanhã temos um longo dia pela frente, pois o trabalho é importante para a redenção do espírito. Vamos descansar, meu filho.

Roger se despediu desejando boa noite, enquanto deitava em sua cama com inúmeros questionamentos. Começava a olhar o mundo de forma absolutamente diferente. Sequer imaginava que as coisas se passavam sob o prisma de um Ser superior, de que a morte não existia e que somos algo diferente dos nossos corpos. Eram lições que borbulhavam em sua mente. Precisava meditar, ponderar, absorver adequadamente. Quanta informação!

9
Primeira lição

Novo dia, muitas tarefas e as obrigações laborais conseguiam fazer o tempo se distanciar...

Em determinado momento, um senhor muito abastado entrou no estabelecimento de Cecília e passou voando por Roger, que pretendia atendê-lo, mas, devido à situação, nada pôde fazer. Quando notou, ele estava na frente de Cecília e passou a falar rapidamente. Roger, um pouco assustado, não sabendo do que se tratava, mas devido à rapidez do cidadão, foi ao encontro de Cecília no interesse de protegê-la, uma vez que era a pessoa que mais estimava.

Como Roger tinha forma física invejável, aliás impressionava as pessoas pelo seu vigor atlético, da altura de um metro e noventa centímetros, logo se postou entre ambos e passou a ouvir o que o cidadão dizia. Observou que ordenava Cecília a preparar suas encomendas rapidamente, pois dizia que tinha compromissos e que estava com o tempo muito curto para o término da festividade que se daria no dia seguinte. Cecília, com aquela bondade peculiar, sorriu para o cliente e disse que tudo estava sendo preparado no prazo já acordado e que não haveria motivo para se preocupar.

O cliente voltou a dizer que não entendia por que não estava tudo pronto, quando Roger o interrompeu dizendo:

— O senhor não ouviu o que a dona Cecília acabou de falar? No prazo acordado estará tudo pronto e entregue.

Imediatamente o cliente se voltou para Roger e disse:

— Quem você pensa que é para falar assim comigo, seu rapazinho? Eu estou pagando e exijo rapidez.

Roger, aproveitando sua grande estatura e o sentimento de proteger sua amiga e benfeitora, pegou o cliente pelo braço, visando a conter eventual investida mais severa, tendo em vista o tom de agressividade, quando Cecília, como que se antecipando ao embate, passou a dissertar, olhando firmemente para o cliente:

— Prezado senhor, estimo que seu festejo seja repleto de alegria e conquistas pessoais, entretanto nosso serviço é feito para todos os clientes com dedicação, carinho e esmero. O senhor deve tranquilizar-se, que faremos o nosso melhor.

Mas o cliente não sentia a elevação do tratamento de Cecília, quando interrompeu:

— Acho que a senhora não entendeu. Eu pago e pago bem, quero pagar ainda mais pela entrega rápida. A senhora faça seu preço para me entregar ainda hoje, pois sou o mais rico desta região.

Roger, assistindo à cena de repúdio, viu Cecília mudar o tom da conversa, mas sem perder sua elevação no ensinamento:

– Meu amigo, existem coisas que o dinheiro não compra. Uma delas é a bondade do coração. Vejo que, embora o senhor tenha todos os recursos que afirma ter, não conseguiu adquirir uma gota de benevolência no trato com as pessoas, que, embora não tenham dinheiro, têm o mesmo tratamento pelas leis da vida. Se é certo que o senhor possui essa belíssima camionete do ano, também é verdade que o sol que o aquece também aquece a nós. Se o senhor possui propriedades, o ar que o senhor também respira nos serve de sustento do mesmo modo. Se existem coisas materiais que o dinheiro pode comprar em sua vida, nós outros temos coisas que o universo nos dá e seu dinheiro não pode comprar. Se o senhor diz que pode tudo, esquece que nosso Pai pode muito, mas muito mais.

Cecília prosseguiu:

– Quero dizer que o seu dinheiro só serve para quem gosta dessa moeda, pois nós outros valorizamos outra moeda, a moeda da vida, que compra felicidade, paz e a eternidade. Se nós ficarmos sem sua moeda, não terá muita importância, mas se o senhor ficar sem ela acho que não resistirá por muito tempo. Estamos fazendo nosso melhor não porque o senhor está nos pagando, mas porque temos um compromisso assumido e que pertence também ao contexto do universo. Aqui pode ser nosso cliente um pobre, um mais ou menos pobre, um de classe média e um milionário. Não mudamos nosso atendimento pela cara do cliente. Nosso serviço é sempre o mesmo, goste o senhor ou não. Se o senhor tiver paciência, verá que tudo estará pronto no momento certo e na quantia pedida.

Cecília se virou e foi tratar de outros negócios ainda pendentes. Roger ficou espantado com tamanha lição; foi uma apoteose de luz e conhecimento, com os princípios adotados e com a forma firme de tratamento, isso porque em nenhum momento Cecília perdeu o controle ou se tornou agressiva.

Enquanto isso, o cliente, sem dizer uma palavra, saiu pensando e entrou no seu carro. No dia seguinte o pedido foi entregue pontualmente.

Naquele mesmo dia, ao retornar para o lar, vendo Cecília fazendo um cafezinho, se aproximou e indagou sobre o assunto ocorrido naquele dia.

Cecília, sorridente, explicou a Roger os motivos daquela conversa:

– Meu filho, aquele cidadão é homem do mundo. Trabalha materialmente visando a dar o melhor para sua família. Até onde sei, é um patrão exigente, mas não deixa ninguém ao desamparo. Mas, assim como uma parcela de nossos irmãos, não possui espiritualidade; passa o tempo inteiro olhando para o chão, para a terra, fazendo de sua vida uma determinada busca pelas obtenções materiais. Não olha para as estrelas do firmamento, não enxerga a lua, não respira demoradamente o ar da praia, enfim não se deu conta de que existe um Ser maior que nós todos e que a tudo vê.

Prosseguiu Cecília:

Senti em meu coração que ele é uma pessoa que corre sem chegar a lugar nenhum e passa por cima do sentimento das pessoas para alcançar seu objetivo. Apesar de não ser uma pessoa má, acaba prejudicando, e muito, os irmãos do caminho, justamente por não ver as coisas importantes da vida que existem, como o sentimento e os princípios das pessoas. As pessoas humildes são gente, têm sonhos, têm autoestima, e uma palavra ofensiva pode machucá-las muito. No caso em questão, quando fui fechar o pedido em sua casa, tendo contato com sua linda filha, notei em seus olhos profunda solidão. Seu pai enche seu redor com tudo de bom no campo material, mas não lhe dá nada de interior, de afeto.

E continuou explicando:

— De nossa parte, seguimos a lei do trabalho, uma lei imprescindível e inderrogável para o universo. Sem ela não há progresso do mundo. Meu filho, já se foi o tempo em que religiosidade-espiritualidade era algo separado das obrigações da vida, como as tarefas, o trabalho em si. A humanidade já se deu conta de que todos temos que produzir, cada qual a sua maneira, para o progresso do todo. A fórmula encontrada pelo Pai, que está em toda parte, é extraordinária.

Em nosso globo terrestre, quem não produz não ganha dinheiro, e, com isso, não se alimenta. Logo, as leis da divindade nos obrigam a trabalhar, porque, se não fosse assim, não haveria progresso. Aqueles que cruzam os braços e pedem, assumem compromissos desagradáveis com o meio em que vivem e com o Alto também.

— Mas não somente no trabalho nos forçam as leis cósmicas. Veja o caso do progresso das espécies, como a humana. Se o ato sexual não fosse prazeroso, quantos teriam filho? Certamente uma quantia muito pequena de pessoas, somente os que despertarem para ideais sublimes, e mesmo assim seriam poucos, o que não permitiria a multiplicação do número de habitantes. A divindade é impressionante. Ela nos dá um organismo que nos provoca a um fim desejado pelo Alto: a multiplicação das espécies. Basta analisar para vermos as leis do cosmos presentes em tudo. Deus não é uma questão de crença, mas sim de observação.

Nesse instante da vida, Roger começava a se dar conta de fatores sobre os quais ainda não tinha refletido e que a senhora amiga que lhe dera abrigo estava abrindo seus horizontes como ninguém antes tinha feito. Um sentimento de agradecimento tomou conta de Roger, que notava um engrandecimento humano importante para sua vida. Queria nessa altura absorver todo o conhecimento dessa senhora, que, de tão sábia e bondosa, fazia o mundo ficar mais fácil e dava sentido aos seus dias. Era lição e mais lição, esclarecimento seguido de esclarecimento.

Roger tinha trazido de conhecimento os ensinamentos da escola e o exemplo das pessoas com que vivia. No colégio, lições como fraternidade e bondade ficaram de fora do currículo. Os exemplos que via era de sua família, que se dedicava ao trabalho para tirar seu sustento com o esforço duro no comércio. Já no seu íntimo, achava encantadora a natureza, à qual teve acesso com o mar. Mas não passava disso; nunca imaginava que leis cósmicas como as referidas por Cecília poderiam mudar a vida das pessoas, tampouco que elas direcionavam o futuro de todos.

10

Força interior

Nesse contexto de acontecimentos, suas ponderações internas foram tomando força. Começou a pensar por qual motivo tinha saído daquele contexto da cidade e ido viver na praia, o que o incomodava nos padrões humanos, qual força o teria levado a buscar novos rumos e o que esses acontecimentos tinham a ver com o encontro com Cecília. O que teria por trás disso tudo?

Durante as tarefas no empreendimento de Cecília, além da separação e do acondicionamento dos produtos, Roger tinha que fazer as entregas, e muitas vezes se atrapalhava, tendo em alguns casos trocado os pedidos dos clientes. Quando notou que Roger estava preocupado com seus esquecimentos e trapalhadas do dia a dia, Cecília, notando o desconforto de Roger, assim tratou o assunto:

— Meu filho, errar é humano e faz parte de todas as tarefas, dos grandes empreendimentos ou de atos simples, em nossa vida. Quem nunca errou? Existe uma fórmula muito interessante que a natureza nos dá e que poucas pessoas usam. Digo da nossa ligação com o Alto, com as forças sublimes da vida. Roger, você precisa prestar atenção em seu coração. Isso se chama intuição, um canal que todo ser tem com o Altíssimo, aquele que a tudo vê e a tudo governa.

Roger, chocado com a objetividade do ensino, logo ponderou questionando:

— Mas, dona Cecília, eu tenho visto a senhora costumeiramente saber de coisas que as pessoas não falam, dizer coisas que as pessoas pensam dizer, porém até hoje não entendi como consegue tal façanha.

Cecília voltou a abordar:

— Roger, num primeiro momento, você deve ficar sem agitação interior, buscando a calma e a tranquilidade, sem aflição, ansiedade ou medo. Deixe as coisas aparecerem em sua vida, que o cosmos mostrará o que precisa para viver. No plano íntimo, isso também ocorre com pensamentos. Quem disse que todos os pensamentos que temos são nossos? Veja que, a todo momento, inúmeros pensamentos batem às portas de nossa consciência, alguns sentimentos negativos e ruins, já outros verdadeiras ponderações mais coerentes.

Sobre a importância da escolha correta, Cecília esclareceu:

— Assim, a todo instante temos a chance de fazermos boas e más escolhas. Você pode iniciar com pequenos testes, vendo à sua volta as situações mais próximas e, a partir disso, inicie a atuar positivamente na vida. É como sentir o frescor da maré, o cheiro das flores... Para sentir a intuição, é preciso sensibilizar-se interiormente, com a ajuda da grande força superior que habita dentro e fora de nós todos. Com o tempo, ficará fácil distinguir o que é verdadeiramente seu e o que é fruto dessa grande faculdade inerente a todos os seres humanos. O pai nos presenteou com esse mecanismo de contato superior e diálogo chamado intuição. Se a humanidade conhecesse esse grande instrumento, a Terra estaria em contato permanente com o Alto.

Roger a interrompeu:

— Em muitas ocasiões, eu tenho visto a senhora falar que "sentiu em seu coração". Quando a senhora fala isso, significa que teve uma ideia ou alguém soprou no seu ouvido?

Cecília, em plena bondade, respondeu:

— Roger, cada pessoa tem suas peculiaridades. Tenho visto pessoas que ouvem, outras que somente escrevem, umas tantas que sentem... Cada pessoa tem sua forma de conexão. Mas todas elas são, no mínimo, dotadas dessa faculdade chamada intuição. No meu caso, eu realmente percebo com o sentimento intuitivo, já em alguns casos sinto a dor das pessoas, a energia que as envolve. Cada situação é uma situação. Já pude ver em algumas pessoas energias que as acompanham permanentemente como se fossem sombras...

Roger continuou:

— Mas a senhora não tem medo disso?

Cecília, em clima de afeto, respondeu:

— Meu filho, procuro sempre estar com o coração voltado para o bem e vinculado ao Pai, que a tudo vê e auxilia. Daí nasce minha fé no Criador. Por isso, em qualquer obstáculo do caminho, tenho força e convicção de que não me atingirá. A força que me governa me envolve com uma luz tal, que não consigo sentir coisas ruins. Ao contrário, quando alguém em condições péssimas se aproxima, tenho certeza que a luz do senhor que está em mim aliviará sua jornada, e passo a agir positivamente. Não deixo com que a conversa negativa, pessimista, desastrosa, intolerante, raivosa, entre no diálogo, e parto logo para o amor. Tomo a frente e começo um processo, às vezes lento, de regeneração das forças do nosso irmão do caminho. Isso nunca falha, filho.

Continuando, afirmou Cecília:

– Roger, o Pai nos deu um instrumento de contato imediato com ele.

Ouvindo essa afirmativa, Roger logo perguntou:

– Mas, qual seria?

Cecília respondeu:

– A oração, Roger.

– A oração é luz que bate no céu e volta como um raio. Após ela ser feita, com convicção e honestidade, forma-se um elo de luz entre nosso Pai e nós.

Roger continuou a questionar:

– Mas a senhora não acha que existem problemas demais no mundo para a senhora querer mudar?

Cecília então simplificou:

– Meu filho, ninguém sozinho consegue mudar o mundo. Mas todos podemos mudar nosso próprio mundo interior. O mundo é de Deus e nós apenas usufrutuários temporários. Nosso compromisso é contra nós mesmos, contra nossas mazelas e falhas interiores. O autoconhecimento é ferramenta imprescindível para nosso crescimento.

Roger cada vez mais mergulhava num universo imenso de saber. Por mais que não entendesse imediatamente, não podia contestar tais ensinamentos. Quanto mais o tempo passava e lembrava cada lição, que na maioria dos casos era acompanhada do próprio exemplo de Cecília, sua maneira de ser modificava juntamente com sua visão de mundo. Em cada questionamento vinha uma onda de sabedoria.

Havia outro rapaz, de nome Edgar, que trabalhava nas redondezas cuja simpatia contagiava a todos. Era um bom moço, embora infelizmente habituado a utilizar drogas e bebidas, prática muito comum naquela cidadezinha litorânea, levando em conta o contingente de jovens que nos finais de semanas e durante as férias se dirigiam à praia para praticar o *surf* e fazer suas festinhas. Roger tinha um coração bom, e, vendo o estado cada vez mais piorado de Edgar, tentou com ele manter uma afinidade.

Passado algum tempo, ambos se viam quase todos os dias, e Cecília de longe notava tal relacionamento. A bondosa senhora começou a reparar que no final do serviço, de tardezinha, Edgar vinha solicitar algumas importâncias a Roger, que bondosamente lhe dava. Alguns finais de semana, Roger era visto em companhia de Edgar, mas sempre acompanhando e ao final da madrugada quase que carregando o amigo ao seu lar, uma vez que em todas as saídas Edgar estava já consumido pela drogadição.

A doce senhora nada falava com Roger, em que pese sua atenção de mãe.

11
Revelações

Em determinada noite, numa daquelas preces noturnas que Cecília denominava Evangelho no Lar, o tema da noite foi o cuidado com o corpo. Roger não tinha como não abordar sobre Edgar. Já estava cansado de procurar auxiliá-lo, sem êxito.

Logo questionou Cecília.

– Dona Cecília, tenho um amigo afundado em problemas, e ele não consegue reagir. Está submerso em desânimo e consumindo bebidas e drogas. Pelo que percebo, faz isso como se fosse tudo normal, estando envolvido pelas amizades e pelo ritmo alucinante das festas.

Cecília, já tendo percebido o entorno da questão havia muito tempo, não pretendia interferir na vida de Roger. Porém, como agora Roger voluntariamente pedia sua intromissão, respeitosamente pondera:

– Meu filho, o mundo é fonte inesgotável de experiências. Nem todas nos alegram num primeiro momento, em que pese nos sirvam de amadurecimento. O seu amigo é mais uma daquelas muitas pessoas sem rumo, cujo resultado depende da força do conjunto. Nossa sociedade é formada por interesses e por caprichos da existência.

Prosseguiu Cecília:

— Nas rodas sociais, as pessoas se divertem com comida, bebida, drogas e sexo. Eis o pequeno resumo de tudo. Ainda podemos agregar, conforme o meio em que vivemos, o dinheiro e o poder. As forças externas impõem barreiras que nos empurram para um desfecho desagradável. Somente uma família forte ou vínculos com coletividades nos permitem frear tais forças e nos dão chances de vencer. Ao lado disso, também o autoesforço, contando com a força espiritual de cada um, em face da conquista dos aprendizados em muitas vidas.

Cecília acrescentou:

— Roger, o que posso dizer é que nenhum esforço na vida é em vão. Cada ato praticado gera resultado, mesmo que não imediatamente. Na verdade, tenho assistido aos caminhos desse que você tenta auxiliar. Nada é impossível, Roger. Entretanto, é fundamental grande dedicação para auxiliar as pessoas. Quando vemos uma injustiça, muitos se comovem. Porém são poucos os que saem de sua zona de conforto para modificar aquela situação. Na medida em que as pessoas estão no fundo do poço, não adianta somente jogar a corda, porque elas não têm força para segurá-la. O trabalho é muito, mas muito maior.

Roger seguiu atento às palavras da sábia amiga:

— É justamente aí que vem aquilo que o nosso Pai tanto pede: o amor! O amor é um sentimento, é verdade! Mas ele se materializa de incontáveis formas. Veja o caso desse jovem Edgar: certamente muitas pessoas não concordam com as atitudes diárias dele; acredito que grande parte o recrimine. Não obstante, no estágio de vida em que se encontra, ele não vai sair dessa situação sozinho. As pessoas até podem se comover e auxiliá-lo financeiramente, mas isso será gasolina no fogo da vida: incendiará mais seus problemas... Não se trata de conseguir um lugar para ele morar, não se trata de roupas boas, não se trata de alimentos, enfim. Estamos falando de envolvimento profundo em seu universo psicológico, com a atividade ensinada por Deus à humanidade: o amor ao próximo.

Cecília definiu o amor ao próximo:

– O amor é sentimento universal, presente em toda parte do cosmos. Nada está distante ao amor do Criador, mesmo que em estado latente. Podemos dizer que é o sentimento matéria-prima de toda a criação. As coisas somente existem para um determinado objetivo, são feitas para um propósito na harmonia do conjunto. É mergulhando na intenção oculta de todas as coisas da vida que começamos a entender a razão especial do criador em procurar o equilíbrio em toda parte. Pensar diferente é dizer erroneamente que o acaso faz coisas harmônicas e que os acontecimentos vão se encontrando por acaso, que assim tudo se identifica.

Seguiu a explanação de Cecília:

– Sempre que o amor está ausente, temos problema! Como na ausência de calor, temos o frio. O Edgar consome tais substâncias em razão de alguma questão interior que não conseguimos identificar, mas que por certo está respaldada em desamor próprio. Quem aprecia a vida não direciona seus atos para abreviá-la ou colocá-la em risco. Quem pretende aproveitar o máximo de tempo possível na existência, procura alongar ao máximo seus dias, com boa alimentação, exercícios regulares e bons pensamentos. A psicologia desse rapaz pode nos surpreender, ainda mais levando em conta os momentos existenciais pretéritos de séculos e mais séculos vividos por esse jovem.

Cecília mostrou os prejuízos da droga:

– As drogas são uma grande catástrofe no mundo. São capazes de levar o ser humano ao abismo existencial sem que ele note. Uma grande parte do uso vem associada ao meio social, normalmente com o consumo em grupo e em circunstâncias que levam o ser a ondas emocionais, como festas, costumes, grupos de relacionamento e por vezes por atração sexual. A questão não é que com a utilização das drogas vamos nos matando fisicamente. A preocupação é mais além: o ser humano perde o contato com a razão, desconecta-se com seu meio de vida, perde força mental, laboral e, sobretudo, espiritual. As drogas claramente alienam a pessoa, que deixa de ter o brilho nos olhos pela vida e passa a depender daquelas substâncias, imaginando que irá retornar ao quadro de vida anterior. Pura ilusão! Quando se é jovem, não utilizar drogas é romper com seu meio. Se todos usam ou o seu grupo usa, é um cartão de entrada. Forças ocultas do mal, que atuam no outro lado da vida, se utilizam desse meio alucinógeno para estancar o crescimento das pessoas, retirando-lhes a conexão com o Pai. No roteiro das drogas temos as proibidas, que são combatidas pelas autoridades públicas, mas temos as legalmente consumidas e que geram grande estrago nos indivíduos. Numa palavra, dizemos que o cuidado com o corpo é uma das leis divinas que imperam em qualquer parte. O desamor com o corpo é ato que importará na devida reparação pela lei de causa e efeito.

Cecília identificou outro problema crucial nas drogas:

– Trata-se de um suicídio também. Todo aquele que abrevia a vida de alguma forma terá que voltar àquele momento existencial para depois voltar à sua jornada interrompida. Por exemplo, quando alguém se envenena, assume com o universo o comprometimento de ter liquidado com uma programação traçada pelo Alto. Assim é que nascem pessoas com problemas físicos e debilidades existenciais, e as pessoas julgam ser uma injustiça da vida. Basta entendermos esses mecanismos do Alto, que logo vemos existir razão em tudo na natureza.

Com o olhar fixo em Roger, Cecília concluiu:

– Fico feliz, Roger, em vê-lo se aproximando desse novo amigo com tal espírito de fraternidade. Talvez agora você comece a entender por que o universo o tem auxiliado tanto. Com as boas escolhas que vem fazendo em suas existências, os resultados só podem ser positivos. Neste momento, mais uma vez, você escolhe a coisa certa a fazer: ajudar uma pessoa em dificuldade. Está agregando luz em seu proveito para seu presente e seu futuro

Como era um jovem em busca de algo que não sabia, muitas indagações palpitavam dentro de Roger. Em uma tarde de trabalho havia acumulado um pensamento que durava longos dias. Quando avistou Cecília, foi ao encontro dela e pediu um instante de sua atenção. Precisava entender uma situação que era o centro do momento em que vivia.

Foi quando a meiga senhora parou o que estava fazendo, num momento excepcional, visto que as tarefas do seu comércio era algo que fazia com muita dedicação e disciplina, e ficou ouvindo o que Roger lhe diria.

— Dona Cecília, como a senhora sabe, fui educado em família com boas condições financeiras, estudava em escola importante e no amadurecer de minhas decisões acerca dos rumos profissionais pedi licença aos meus pais para vir em busca de liberdade, rompendo com os padrões sociais, na esperança de me completar com a natureza e aqui viver. Ocorre que já se passaram três anos e estou ainda em busca... Graças à senhora, aprendi muito, coisas que sequer imaginava que existiam. Sinceramente, vejo que somente aqui neste retiro da vida poderia abrir minha mente e meu coração para ouvir essas lições. Talvez na correria da vida da cidade não fosse arrumar tempo para entender o tanto que tenho visto por aqui, da saudável convivência que tenho com a senhora. A senhora fala de um Pai Celestial a todo momento sem impor tal entendimento, embora sejamos levados com seu amoroso exemplo a sentir de verdade aquilo que fala em seu coração.

Roger prosseguiu:

— Não somente isso. Sua visão de vida é uma leitura da natureza que podemos checar tão logo a senhora aborda os assuntos. Não se trata de mistérios difíceis de entender, daqueles livros confusos de que ouvimos falar. Mas eu não sei para que rumo ir, o que fazer de meu futuro. Se a senhora notar, nem tenho ido à praia que tanto buscava. Muitas vezes prefiro ficar aqui na tarefa e na sua companhia. Fico pensando por que isso ocorre e que fenômeno se passa comigo. Por isso a indagação que lhe faço é o que fazer de minha vida, tendo em vista que fui criado para ter uma profissão e construir um futuro material. Agora, vejo que em princípio não estava tão errado assim, porque as lições que tenho aprendido também me levam a essa conclusão. Entretanto, existe uma inconformidade dentro de mim que parece cobrar aquela ruptura que fiz com as pessoas que mais me amavam na vida e com um projeto que construí junto para formação profissional. Estou vivendo um momento de incertezas...

Sorridente, Cecília ouvia aquele jovem extraordinário, determinado e tentando encontrar-se em seus questionamentos, que eram frutos de ponderações de uma vida honesta e de trabalho. Não tinha até então experiência de vida com sua idade, mas era verdadeiro e organizava como ninguém suas ideias. Ficou por instantes olhando profundamente Roger, como nunca antes o fizera. Um misto de alegria e agradecimento tomava conta da doce anciã, que completava 79 anos e zelava pelo rapaz, quando resolveu entrar na conversa:

– Meu querido, estou orgulhosa de suas ponderações. Só age assim quem está em busca de algo. Muitos na sua condição ou estariam estagnados na mordomia e nos costumes impostos ou se entregariam às paixões e aos prazeres da vida com toda a facilidade momentânea. Roger, você está num outro estágio de experiência de vida. Antes sabia que não queria aquele roteiro pronto que o sistema preparava. Agora, com base em novos conhecimentos que a vida, e não eu, lhe proporcionou, encontra novos questionamentos que devem levá-lo a outros caminhos.

Cecília aconselhou:

– Você deve agradecer ao Alto pelo fato de o cosmos ter lhe proporcionado, sob a governança do Pai, tais ricas experiências. Isso é amadurecimento. Um antigo pensador da humanidade dizia que toda a pergunta leva consigo uma resposta implícita, e ele estava certo. Nos seus questionamentos é possível verificar que, embora sinta a vida de forma diferente e especial, percebe também que não pode desprestigiar um conhecimento e um caminho que a vida lhe pode facultar com muita facilidade. Laços afetivos não são por acaso, nem os dos seus amados pais e familiares, tampouco o que nós dois construímos. Você tem razão sobre o aprisionamento que as pessoas e os sistemas nos implicam rotineiramente. Sei que a vinda para esta cidade litorânea foi um grande desafio para você e talvez vista por muitos amigos e familiares como um ato de rebeldia e ingratidão. Mas, Roger, somos filhos do universo, e nossos compromissos são com a vida eterna, e não com esta passageira.

Cecília argumentou:

– Obviamente, não podemos desprezar nossos laços de parentesco e nossos vínculos com as pessoas. Porém, podemos fazer as coisas com afeto e com o intuito de agregar valores sempre. Quando agimos com amor, as pessoas sentem e futuramente compreenderão. Meu filho, a decisão certamente é, mais uma vez, sua. Não acredito que você esteja no caminho errado. Penso que a sua vida foi de crescimento rápido em experiências muito diferentes e que há um projeto que deve valorizar. Como você sabiamente mesmo disse, lá na cidade não teria condições de ouvir algumas lições do

Alto devido aos compromissos existentes naquela vida que levava.

O sábio aconselhamento prosseguiu:

– Veja, portanto, com olhos do universo. Que oportunidade teve e quanto tem a passar para seus semelhantes. Todo conhecimento aprendido é faculdade de imprescindível elevação interior. Ninguém é tão infeliz ou tão pequeno no universo que não possa compartilhar o que tem. Todos temos no mínimo um sorriso para transmitir a quem nos acompanha. O conhecimento de algo celeste, além de nos vincular com as alturas, nos compromete a trabalhos fundamentais no crescimento da humanidade. O que você percebeu em seu íntimo, e não soube explicar, é que aquelas conquistas materiais não eram tão importantes para o seu ser. Não que repudiava como um todo, mas que uma força interior o levava a rumos mais importantes.

Cecília foi convincente:

– Roger, você está no lugar certo. Tenho a certeza de que nossas experiências não se resumem a esta existência física e que trazemos muito aprendizado de outros momentos espirituais. Você foi trazido para cá pelas gloriosas forças infinitas levando em conta o seu pretérito existencial. O que vejo, Roger querido, é uma lição de vida que me fortalece. Você diz que aprendeu coisas importantes comigo, mas esquece que eu estou vivendo e também submetida a informações que me completam e me auxiliam no meu crescimento. Sua história é linda e repleta de desafios. Durante nossos momentos, sou testemunha de seu esforço, que é visto pelo Alto como alguém que quer viver acertando. Pense nisso e medite quanta força espiritual você tem e vai angariando com sua determinação e escolhas. Certa eu estou de que já caminhamos juntos em outras moradas e que temos uma ligação de afinidade. Temos que nos perguntar por que nos encontramos nesta etapa de minha vida, depois de eu ter me aprofundado na espiritualidade e você prestes a iniciar uma etapa de amadurecimento importante. Eu lhe digo, meu afetuoso rapaz, tem um futuro importante para nossos semelhantes e isso percebo agora com meu coraçãozinho de mãe. Temos que estar atentos para o que o universo nos ensina, as situações postas em nossa frente juntamente com nossas aptidões e interesses em nosso íntimo.

Cecília concluiu:

— Existe uma tarefa que teremos sempre, que é o autoconhecimento. Conhecer-se é a fonte infinita de nosso crescimento. Nesse exercício diário pensamos quais emoções, reações, atitudes que tivemos e o que temos que mudar daqui para frente. Podemos evitar tal busca interior, mas pagaremos com o universo impondo dificuldades logo ali em frente. Achando a fonte de nossos erros, vamos amadurecendo interiormente e nos tornando seres amáveis se buscarmos, obviamente, o amor do Pai, esse sentimento incondicional. É um ato de observação interior, que nos levará a sentir a vida e a fazer escolhas. Ter dúvida é um estágio de amadurecimento que não ficará para sempre. Quando começamos a encontrar a luz, nosso interior se enche e se completa, não nos faltando mais nada. Os seres de luz que pisaram na terra não tinham falta do lado material justamente por isso: eram seres integrais. Quem busca muito fora tem abismos por dentro.

Roger estava adormecido com aquelas palavras angelicais e confortantes. Eram tantas reflexões sublimes, que não tinha impulso para questionar ainda. Mais uma vez perguntava de onde vinha aquele ser celestial e qual linha de filosofia de vida adotava. Estava cansado de investigar a religião ou convicção de Cecília, mas não descobria; apenas que ela se ausentava durante o trabalho e alguns dias durante a noite dizendo que tinha compromissos.

O fundamental para ele era que aquelas explicações significavam um salto em seus questionamentos, profundas explicações que o transformavam e o fortaleciam. Realmente, aquelas ideias faziam pleno sentido e fechavam com chave de ouro a busca que tanto indagava. Quanta luz! Começava a notar que entendia aquelas lições porque já tinha em algum lugar convivido com aquelas ideias. Estava ao lado de Cecília não por acaso, mas por uma atração que ele desconhecia, mas admitia.

Cecília, já em tom de desfecho da profunda temática do dia e convidando Roger a voltar para o trabalho, sintetizou:

– Roger querido, até hoje não lhe falei sobre meus dois filhos, Jerônimo e Giovani. Ambos foram filhos amáveis, mas minhas lições não lhes impuseram caminhos condizentes. Embora sejam profissionais, o primeiro veterinário e o segundo microempresário da informática, nenhum absorveu os conselhos que dei. Sempre fui mãe dedicada e presente, estando atenta aos sinais de caráter de ambos, que tentava direcionar. Mas a força de seus espíritos, pelas vivências anteriores e o atual estágio evolutivo, não deixavam afastar as leis da natureza, que impõem o autoesforço e as devidas etapas a serem cumpridas. Com o passar dos anos de criação, consegui levar bons conceitos e colocar lições novas e saudáveis de vida, que farão efeito ao longo da existência de ambos, mesmo que por agora fiquem adormecidas dentro deles. Verifiquei que não poderia intervir no grau evolutivo de ambos, e consequentemente não ficar triste com eles, uma vez que ninguém pode produzir aquilo que não tem condições. Mas sei que são seres da criação e, como todo ser, estavam fadados impreterivelmente à lei do progresso e crescimento. Fomos criados para sermos luz e vivermos em plena felicidade, e ninguém pode nos afastar desse louvável destino traçado pelo Pai-Criador.

Invocando as forças da natureza, Cecília seguiu em sua explanação:

— Nesse sentido, as forças sublimes da natureza nos levam de momento a momento, de era a era, de mundo a mundo, a esse notável desfecho. Como referi, fui amadurecendo essa ideia de mãe educadora da natureza, que por ora recebia seres em evolução e tinha um compromisso com o cosmos para dar continuidade a tal caminho de luz. Aliás, compromisso que toda mãe tem, mas talvez não saiba. Como mães, todas as mulheres detêm instrumentos celestiais impressionantes para agir em proveito de seus tutelados filhos, como se fossem superpoderes. Isso mesmo, meu filho, poderes especiais!

Cecília exemplificou:

— Veja o exemplo da tal intuição de mãe. Quantas mães sentem que seus filhos estão em apuros no exato momento em que algo acontece? Quantas salvam seus filhos ao perceberem em seu coração um perigo que por outros meios não teriam como prever? Quantas vezes a mulher, ao ouvir o choro de um bebê, não vê o leite do seu peito derramar, como que se seu corpo falasse com aquele ser pequenino? Se notarmos, veremos que as mães têm uma ligação direta com o Criador em seu sentimento, uma intuição avançada.

Cecília lembrou a Roger o passado da relação dos dois:

— No meu íntimo, esperava um rapaz que vinha em minha mente naquelas intuições que todos temos, como uma pessoa muito séria, de convivência antiga comigo em outros desafios da vida, mas muito acostumado com as lições espirituais. São mais de três décadas que convivo com esse prazeroso sentimento, que na verdade sustenta minha vida. Pensava talvez num neto, num sobrinho. Mas o tempo foi amadurecendo esse sentimento que vinha do Alto e não de minhas impressões pessoais. Lembrava em flashes de nós trabalhando arduamente no combate às misérias de povos antigos e em outros momentos convivendo com um ser de alta luz que do Alto desceu algum dia na Terra. Por isso, meu filho, somos companheiros antigos de jornada e quando olhei para você na primeira vez senti sua energia e o seu coração de luta.

Cecília concluiu sobre a relação dos dois:

— Sei que essas informações são impactantes para você neste momento, mas tem plena condição espiritual de, com o tempo, absorver o que digo. Nossa legião de trabalhadores do Alto se faz presente neste instante, envolvendo-o com muita luz. Faço esta transição porque existe uma coordenação do além que nos impõe tal trajetória. Estou muito feliz em encontrá-lo e desejo um trabalho profícuo no bem. Lembre-se: você nunca estará sozinho; basta pedir mentalmente, que todos temos o amparo do Alto.

Agora Roger se emocionava de uma forma não antes vista por Cecília, começando a chorar. Mas ele sentia bem-estar e sabia que algo estava a envolvê-lo que não conseguia explicar. Sentia uma alegria imensa e uma emoção reconfortante. Não conseguiu conter seus sentimentos e abraçou afetivamente a espantosa senhora que o acolhia. Disse ela:

— Roger, meu filho, sinto que nosso convívio não terá longo tempo. Por isso, na condição de alguém que lhe deseja todo o bem existente, gostaria de fazer um pedido.

Roger ficou apreensivo com tal sentença sumária, e continuou ouvindo.

— Este mundo é feito de coisas pelas quais corremos e lutamos a vida inteira, mas que no final da vida vemos que não podemos levar para onde formos. Ficam no túmulo. Devemos, com isso, ter em mente que aquilo que de mais importante podemos fazer milita no nosso interior, no mundo das conquistas imateriais. Não são títulos de doutorado, cargos na sociedade, posições em destaque... Nossa história que ficará armazenada será aquela a ser levada ao reino de Deus. Irão nos perguntar se amamos, ajudamos, auxiliamos, toleramos, compreendemos, se fomos cidadãos positivos e se não nos tornamos obstáculos e problema na vida dos outros.

Cecília prosseguiu em sua sábia fala:

— Este mundo é passagem e, como em qualquer morada momentânea, não podemos ficar preocupados nem mesmo com a partida ou com as pessoas que deixamos aqui. Peço que medite sobre este tema, querido filho, mas se lembre de que no universo tudo se renova, em tudo há outra porta, novas chances, muitas oportunidades e nada é para sempre, a não ser o amor de Deus. A grande obrigação que temos na vida é sermos bons, fazermos o bem não interessa a quem. Isso não é um favor ao próximo, mas uma obrigação pessoal que temos com o universo. Se você perceber, o Pai nos dá a família para amarmos, por isso temos facilidade de amar os filhos, os pais. Mas o treinamento do universo é para assim agirmos com todos os seres e coisas da criação. Significa dizer que mesmo as pessoas não sendo merecedoras, seja por ingratidão, raiva, vingança ou ódio, nossa obrigação é sempre visar ao bem de todos e de tudo. Assim, vejo em você um ser humano repleto de esperança no futuro, e minha obrigação é lhe pedir que seja um homem completo, integral, carregando em seu peito as inscrições sagradas do Alto.

E Cecília arrematou:

– Não se trata de código, emblema, amuleto. Trata-se de uma chave espiritual para o universo que ocorre no mundo dos sentimentos. Nossos laços nunca se desprenderão, pois, pela força infinita que une os mundos ao Criador, eu e você estaremos sempre unidos em pensamento, pelo coração! Eu te amo, meu filho.

Roger ouviu aquelas sagradas palavras, que encheram seu ser de paz e luz. Mas, ao final, como a se dar conta de que havia um tom de despedida, que não entendia completamente, ficou muito preocupado e começou a orar em seu interior.

Novos dias repletos de alegria no convívio de ambos foram decorrendo, e Roger vivendo com aquela rotina.

12
Triste separação

Certa manhã, os pedidos chegando no estabelecimento, Roger notou a falta de sua estimada patroa e amiga, quando alguém entrou correndo e dizendo que dona Cecília estava caída algumas quadras adiante. Roger voou como um furacão, rompendo a velocidade das pessoas e atalhando até chegar no local onde Cecília se encontrava. A ambulância da emergência da cidade estava fazendo os primeiros socorros, mas já era tarde. Cecília, a meiga senhora, deixava naquele instante o mundo em que vivia e inúmeros amigos que a estimavam.

Roger pulou em cima do corpo ali estirado e com toda sua força tentou de algum modo acordá-la, socorrê-la, qualquer coisa que a fizesse voltar à consciência... As pessoas em vão pretendiam tirá-lo da cena, para que novos encaminhamentos fossem realizados.

Roger ficou fora de si. Correu em direção ao mar, como em busca de alívio para a grande dor que começava a abatê-lo. Afinal de contas, o mar sempre fora seu refúgio, seu campo de forças psicológicas. Como um tufão, entrou no mar com roupa e tudo, abriu os braços e gritou por socorro. Olhou para o céu e pediu ajuda, gritando: "Meu Deus, me ajude!". Ficando sem forças, caiu na água e chorou convulsivamente.

Num movimento talvez impensado, escolheu uma direção e começou a correr; correu mais do que tudo em pensamento e disparou costeando o mar em direção a outras praias. Os primeiros quilômetros foram atingidos, mas sua força era uma explosão só. Mais quilômetros chegaram, e ele continuou em desespero, pensando que tudo acabara... Sua amiga tinha partido mesmo... Como jovem inexperiente, jamais tinha vivido a despedida de alguém.

Agora mais devagar, mas ainda correndo, o filme de sua vida foi passando em sua mente. Já não aguentava mais correr; as forças físicas e psíquicas se esvaíam. Agora, muito lentamente foi tropeçando até, repentinamente, cair no chão. Sujo de areia e molhado, chorando, com um sentimento de perda inesgotável, viu-se perdido como nunca. Ficou estático no chão e em choque. Quando parecia entrar em outra dimensão, desmaiou.

Ao acordar, estava no veículo conduzido pelos colegas de trabalho, que o encontraram caído no chão e tentaram reanimá-lo. Queriam levá-lo ao hospital, mas Roger disse que não, que precisava se despedir daquela que foi sua grande mentora de vida, sua conselheira e amiga. Passou na residência em que morava, tomou um banho quase que cambaleando e foi aos preparativos.

As horas se passaram, e quando Roger encontrou o local da solenidade, uma multidão começou a se despedir. Chegaram familiares de toda parte, a cidade em peso, moradores dos Municípios vizinhos, todos para dar o último adeus, num clima de comoção geral. Mais uma vez Roger verificava a grande pessoa que era Cecília. Tentou passar pelo meio da multidão e começou a ouvir as conversas.

Um grupo dizia que deveriam fazer uma rua com o nome de Cecília, outro que ela era pessoa muito meiga e sempre prestativa para ouvir um desabafo. Houve quem dissesse que Cecília era uma pessoa pura, uma santa. Outro que tentou pagar os valores que Cecília lhe tinha emprestado, mas infelizmente, na pobreza que vivia, não conseguiu honrar, embora ela jamais cobrasse. Eram choros, cartazes, flores, coroas, um clima de muita homenagem a uma pessoa realmente especial. E tudo isso emocionava ainda mais o Roger, que já sabia do caráter íntegro dessa pessoa amada.

13
A busca pela verdade

Quando Roger se aproximou mais do centro das despedidas, notou um grupo de pessoas mais unidas, que supôs serem seus familiares. Notou que ali estavam seus dois filhos, que também tinham crianças, certamente os netos de Cecília. Mais ao lado, pessoas que não conseguia identificar, mas que com o decorrer das horas apurou serem pessoas com que Cecília compartilhava suas atividades na prática do bem.

Justamente isso é que Roger buscava saber desde longa data: qual era a religião de Cecília? Onde ela iria naqueles momentos de isolamento?

Roger, então, com uma veia investigativa, indagou um senhor que fazia suas preces em silêncio e com muito fervor:

– Meu amigo, por favor, o senhor era amigo de Cecília?

Prontamente, o senhor respondeu:

– Sim.

E continuou Roger:

– Pelo que vejo, o senhor compartilhava da mesma fé de dona Cecília, não é?

O bondoso homem, tão logo entendeu as pretensões de Roger, respondeu educadamente:

– Sim, meu jovem, somos todos irmãos.

Roger, enchendo-se de alegria, como que prestes a descobrir, finalmente, o rastro da luz de Cecília, continuou:

– Qual é a religião dos senhores?

Ao que o homem respondeu:

– Somos do bem. De onde vem a luz e a caridade excelsa. Não temos preocupação com esses rótulos da sociedade. Somos filhos do Altíssimo. Todos nós!

Roger recebeu uma resposta extraordinária. Sua insurgência, desde a despedida da cidade, de sua família, foi justamente em face daqueles padrões sociais que lhe impunham uma obrigação em ser algo, em fazer parte de uma forma predeterminada. Gostou muito de ouvir as palavras do amigo de Cecília.

Mas Roger ainda não tinha obtido a informação desejada, quando interpelou novamente:

– O senhor não saberia me dizer o nome da filosofia de vida ou religião que ela professava?

O bom homem, em tom fraternal, então referiu:

– Terei a mais repleta alegria em conversar contigo, mas acredito que no momento oportuno. Quem sabe deixemos passar esta cerimônia em que nossa amiga se despede e vamos nos encontrar para falar das maravilhas da vida!

Roger, vendo que aquele realmente não era o momento para mais tratativas, aquiesceu com o venerável cidadão, com quem guardou grande afinidade e simpatia.

Os atos de despedida terminaram, a multidão começou a voltar a sua rotina e Roger voltou à casa de Cecília para lá passar sua última noite.

Novos dias, novas noites, o tempo vai passando...

14
No templo de fé

Roger, agora com uma visão profética da vida, enchendo-se de esperanças e lembrando o ensinamento adquirido com a velha amiga, resolveu ir em busca daquele meio em que Cecília era conhecida e desenvolvia uma atividade seguramente, segundo pressupunha, no bem.

Procurou aquele senhor com que havia conversado na cerimônia derradeira de Cecília, e este o convidou para conhecer o local onde sua amiga voluntariamente praticava o bem.

O local era mais retirado da cidade, numa área muitíssimo pobre, destinada àquelas pessoas cuja linha de renda estava abaixo da miséria. Roger, num primeiro momento, não entende muito bem por qual razão Cecília teria escolhido justamente aquele lugar, em princípio até perigoso, para compartilhar sua fé.

Ao chegar no local, notou muitas crianças, outras tantas mães e todos muito bem compenetrados numa palestra que estava ocorrendo no local. Era uma casa muito simples, porém organizada, tendo vários cidadãos que organizavam a chegada das pessoas. Notava que ao fundo, atrás da pessoa que estava proferindo palavras que no seu entender eram edificantes e muito parecidas com aquelas que sua amiga costumava dizer, havia uma fotografia de alguém igual a Jesus. Embora não fosse a cruz convencional, tampouco uma imagem daquelas que reconhecia em igrejas. Pôde notar, também, que alimentos, roupas e remédios eram doados para as pessoas carentes, num gesto que o impressionou.

Resolveu, então, sentar-se e ouvir aquela dissertação do palestrante.

Notou muita paz no ambiente e um clima muito humilde. O expositor dizia:

– Somos todos filhos do mesmo Pai. Estamos neste mundo para aprendermos, cada qual segundo as experiências que o universo nos impõe. Por isso, não importa quem somos, qual cargo, quanto de dinheiro temos. O que realmente importa é a nossa vontade de melhorar nossos pensamentos, sentimentos e atos, através da mudança interior...

Roger pareceu reconhecer aquele tema, muito tratado por sua amiga. O palestrante falou ainda muito de espíritos superiores, e a interação deles em nossas vidas. Conversava com o público sobre a necessidade que todos temos de escutar a voz interior, muitas vezes proveniente dos conselhos desses irmãos espirituais.

Não obstante, perguntava-se por que num ambiente tão humilde, de tanta falta material, era possível falar daquela maneira. Onde as pessoas que ensinavam tais lições estudaram para obter aquelas informações? Seriam padres? Até onde sabia, os teólogos eram formados em grandes universidades e as Igrejas convencionais tinham um grande patrimônio material. Nos cultos que conhecia, os pastores normalmente pediam dinheiro e não doavam o que recebiam.

Queria entender mais sobre o que ocorria naquela instituição. De repente, aquele senhor amigo de Cecília o tocou no ombro:

– Como vai, meu irmão?

Roger imediatamente respondeu:

– Olá! Eu estou bem. E o senhor?

O novo amigo, que se chamava Saulo, então ponderou:

– Roger, como você está vendo, aqui é o centro de atendimento em que nossa querida irmã Cecília nos fazia companhia nesta tarefa redentora de levar a luz e a caridade às pessoas aflitas.

Prontamente, Roger considerou:

– Como se chama este local?

Saulo esclareceu:

– Cada instituição tem a sua denominação. Algumas se chamam Centro, outras Casa e ainda algumas com outros nomes. Mas isso pouco importa. Somos filhos do mesmo Pai. Nossa bandeira é o amor. Praticamos o ensino de Jesus, mas com os fundamentos ditados pelos espíritos enviados por Ele. Nossa obra é fazer o bem, não interessa a quem. Amar sempre. Nosso amoroso mestre Jesus tem ao longo das eras deste globo enviado conhecimentos e mais conhecimentos sem que a sociedade apreendesse seus ensinamentos. Por último, lá na França enviou um professor que foi conhecido por Kardec (Allan Kardec) e que organizou de uma forma incrível o que os espíritos ditavam através de médiuns em cinco obras fundamentais do conhecimento cristão. Na verdade, a essência é a mesma de sempre, embora abordando sob o prisma de que a vida continua em espírito. Daí o nome criado por Kardec: Espiritismo. O Cristo dos mundos deu nova roupagem ao seu tão belo e formoso evangelho.

Sob essa nova ótica, muito esclarecedora, Roger indagou:

— A dona Cecília dizia aquelas coisas incríveis porque os espíritos lhe diziam algo no ouvido?

Saulo esclareceu:

— Acredito que em determinados casos sim, embora com o contingente de informações escritas que hoje possuímos pela literatura ditada pelos espíritos muitos esclarecimentos são reflexos dos estudos e das leituras a que todos temos que nos dedicar. Para você ter uma noção da vasta bibliografia que existe, indico para você as obras de André Luís.

Roger, não sabendo do que se tratava, questionou:

— Quem é André Luís?

— André Luís foi o pseudônimo de um grande médico brasileiro que, ao chegar no mundo espiritual, viu que não era tão importante quanto achava que era. Seus títulos, diploma, cargo e conceito social não eram importantes na vida do além. Tinha um vazio espiritual, ausência do amor em seu coração. Ficou em região cuja energia era muito baixa, quase um inferno, lá perdurando por cerca de uma década. Ao conseguir ser retirado por equipe socorrista, iniciou lentamente sua jornada e, quando conseguiu se equilibrar, decidiu escrever ao mundo, utilizando-se de um médium que estava encarnado, um quase anjo chamado Francisco

Cândido Xavier, apelidado de Chico Xavier. Uma lição de vida do outro lado.

Roger ficou admirado com a história relatada, com a qual se identificou diretamente. Mais uma vez encontrava-se diante de um assunto muito marcante em sua vida: os rótulos sociais, as imposições materiais e o interesse em seu espírito de ser livre. Notava que a história do espírito André Luís era uma estrada de que conseguiu saltar fora. Se continuasse na rotina de vida que levava antes de morar na praia, certamente teria um desfecho similar ao narrado.

E repentinamente Roger tomou uma decisão:

– Saulo, não pretendo mais atrasar aquilo que vejo ser uma força que me empurra para o Alto. Muito vinha aprendendo com dona Cecília e sei que mudei. Tenho questionado, investigado, etc. Mas agora sinto que tenho que botar o pé na estrada. Quero sentir o que vem do Alto em meu coração e ver nascer em mim um ser novo. Peço tua ajuda para o início de minhas atividades nesta seara, à qual prometo me dedicar com toda a força de meu íntimo.

15

O regresso

Nos últimos tempos a vida deu duras lições a Roger; com a morte de Cecília desmoronara seu chão, seu abrigo, seu apoio.

Uma força indescritível forçava o retorno ao seu lar, para reatar o convívio com sua família. No íntimo, entendia que havia algo para ser reiniciado.

E foi o que fez.

Num determinado dia, bateu às portas de sua casa e lá estava sua mãe, que o recebeu aos prantos, com o coração grandioso e inesgotável. Contou sobre todos os acontecimentos e a vida espiritual que nascera dentro dele, quase uma vida do além, transcendental, mística.

Reviu os amigos, em fase adiantada da faculdade, alguns com início de projetos profissionais.

Seu pai ouvia as histórias contadas e torcia para que seu filho não tivesse sido levado por alguma seita ou pensamento destrutível que o levasse ainda mais para a ociosidade e a contemplação.

Roger notava que não era mais o mesmo, que o rumo da agitação e a rotina daquela cidade, juntamente com os projetos das pessoas, não lhe diziam nada. Para ele era tudo equívocos existenciais, uma vida vazia.

Chegou um momento em que um pensamento começa a visitá-lo com muita constância: ser útil no meio em que vivia.

Tinha vontade de estar perto de pessoas, ser fraterno, solidário.

Num belo dia, já com maneira especial de conversar, mais amadurecido, com olhar profundo, muito centrado, conversou com a mãe sobre seus planos.

– Mamãe, tenho pensado muito no que poderia servir às pessoas, e estou convencido de que quero ingressar na Medicina.

Sua mãe, com os olhos cheios de lágrimas, prontamente respondeu:

– Bela escolha, Roger. Uma carreira admirável, meu filho.

Ambos não notaram, mas logo atrás ouvia tudo o Sr. Pascoal, que, sem falar nada, logo se retirou.

Ao notarem o gesto evasivo do patriarca, os dois comentaram:

– Será que papai não gostou?

– Meu filho, dê tempo ao tempo, pois tudo é muito novo; são muitas mudanças e rumos diferentes nesses últimos anos. Aliás, você deve convir que como pais estamos nestes tempos sempre com o coração na mão, com muita insegurança sobre seu futuro.

No final de semana seguinte, uma confraternização estava agendada. Nela estariam presentes tios, primos distantes, amigos mais próximos. Chegado o dia, os convidados começaram a chegar, e o clima virou pura festa. Conforme os primos e amigos fossem chegando, sempre aquelas brincadeiras ásperas, que na verdade traziam o sentimento real das pessoas.

Assim, Roger ouviu de um:

– E aí, meu primo, ainda está com aquelas ideias loucas ou já arrumou sua cabeça de vez?

Já de outro escutou:

– Fala, Roger! Você já decidiu o que fazer da vida ou vai continuar sendo um andarilho perdido?

Aquelas palavras tocavam fundo na alma de Roger, sendo uma provocação social, como se ele não fosse ninguém, um vagabundo e preguiçoso.

Ninguém compreendia suas inquietações e sua busca por uma vida verdadeira, algo que representasse sua vontade interior. Também sabia que responder não adiantava, pois todos estavam aprisionados num mundo exterior de compromissos sociais e mais se preocupavam com atender aos padrões da época do que às suas provocações íntimas.

Roger estava ali de corpo, mas seu pensamento viajava para outras questões interiores. A diferença de antes de ter saído era que agora encontrara seus desejos interiores de renovação e liberdade, de sentir a vida e se harmonizar com o universo. Pensava muito na sua amiga Cecília. Lembrava as conversas, os encontros ao entardecer, quando ambos juntos faziam uma prece e em seguida conversavam demoradamente.

Mas a nova força que nasceu dentro dele era tamanha, que não podia esconder.

Foi provocado por um tio, que na festividade tinha tomado uns goles a mais:

– Meu sobrinho, quando você vai amadurecer e trabalhar como homem?

Roger, sem pensar muito, respondeu:

– Desde quando saí daqui tenho me ocupado honestamente e, aliás, vivido do meu labor.

O tio, irônico, continuou:

– Haaa! Tenho certeza disso, embora esta não seja a conversa que corre à boca pequena do povo.

Roger, sem perder a calma, continuou:

– Minha vida tem sido simples e coerente com meus princípios. Não procuro decidir o que faço com base na opinião dos outros. Agora sou uma pessoa melhor, vivendo sob princípios muito especiais. Mas não creio que vocês estejam interessados nisso, pois, pelo que vejo, os interesses de vocês são outros.

O tio, vendo o tom sério, aguçado na dúvida que o assaltava, perguntou:

– Mas quais princípios seriam esses?

Roger, firme, mas afetuoso, afirmou:

– Minha proposta de vida é ser feliz, mas para isso entendi que não basta uma profissão, dinheiro, aquisições. Sei que isso pode soar estranho para todos, mas meu propósito é ser solidário, amigo, prestativo e com isso viver em plenitude comigo mesmo.

O tio, sem esperar mais ponderações, interrompeu:

– Isso tudo é muito bonito, mas todos precisamos pagar as contas, ser alguém na vida.

Roger, em tom enérgico, voltou a dizer:

– O senhor está falando com algum fantasma? Eu por acaso não existo e não tenho direito de pensar? Quantos ali fora roubam, matam, tiram os sonhos das pessoas, desviam as verbas públicas, mesmo dizendo que são pessoas importantes! Tio, sua visão de vida é a mesma dos animais da selva: pensa em sobreviver, comer, dormir e procriar. Não vi em suas observações algo que possa distingui-lo dos primatas. Se não tivermos pensamentos superiores, não iremos a lugar nenhum.

O tio de Roger, muito irritado com as duras observações, disse:

– Venha cá, Roger, você entrou em alguma seita, virou pastor? Para onde você quer ir? Para o céu?

Roger, tentando pôr fim a eventual confusão, concluiu:

– Quero poder tratar bem as pessoas, não me intrometer na vida dos outros e auxiliar no meio em que vivo. Sobre a questão de ir para o céu, deixo para as forças superiores que comandam o todo. De minha parte apenas desejo fazer o bem. Espero que o senhor reveja seus conceitos e entenda que, se não é por determinação superior, não estariam sequer vivos, pois o Pai que a tudo governa nos dá desde as coisas mais ínfimas até os grandes sonhos. Se a pessoa sequer entende essas pequenas ponderações, como poderá entender as reais maravilhas da vida. Agora peço licença porque tenho algumas tarefas para serem feitas visando a ajudar minha mãe, que a tudo atende nesta festividade.

16
Novos rumos

Mas havia uma mudança interior em Roger que ele começava a descobrir. Estava mais sensível à vida; já não tinha aquela rebeldia sadia de antes. Agora buscava algo mais profundo, uma identificação com valores que ninguém via. Seu coração exigia sentimentos verdadeiros; não bastava passar a vida, simplesmente usar o tempo. Sua vontade interior o remetia ao convívio e ao exemplo daquela pessoa especial que não estava mais presente; tinha uma saudade tremenda de sua grande amiga.

Ao seu redor as pessoas o notavam pensativo, mais contido, profundo em suas observações, um homem de mais idade num corpo de um jovem.

Seus pais passaram a conversar entre si dizendo que Roger estava mudado, para melhor; havia uma transformação que eles não sabiam dizer qual, embora os olhares atentos maternos e paternos continuassem a assisti-lo.

Roger então decidiu dar um passo além. Afirmou a todos que pretendia fazer exame para ingresso na Faculdade de Medicina.

Nesse sentido, disse que iria se inscrever em vestibulares de algumas Universidades e que iria cursar exatamente aquela em que primeiro obtivesse aprovação. Durante alguns meses estudou diariamente, até o momento em que recebeu a notícia de que fora aprovado na Faculdade de Medicina do Rio de Janeiro.

A alegria de Roger era grande, pois iria estudar em uma cidade litorânea. Certamente nos horários de folga poderia ter a companhia do mar, sua grande paixão.

Foi viver num apartamento alugado por seus pais, que nessa altura aprovavam sua escolha. Ao lá chegar, viu o clima da cidade grande, impressionou-se com a violência e com a grande desigualdade social. Passou a entender a vida das comunidades nos morros e a corrupção do Estado. Mas percebem a facilidade com que algumas pessoas de classe média e alta têm para viver, as festas dos jovens e o uso imoderado de droga e álcool.

O Rio de Janeiro estava marcado por operações da Justiça que haviam prendido desde o Governador até simples funcionários. As décadas de corrupção haviam levado ao colapso financeiro e à falta de dinheiro. Os funcionários públicos não recebiam seus salários em dia e o sistema estatal estava praticamente quebrado.

Roger, muito quieto, passou a dedicar seu tempo para estudar, frequentar bons cursos, fazer boas companhias e se agregar com pessoas de grupos de jovens que tinham o objetivo de se aprimorar. Passa noites e mais noites percorrendo o corpo humano e desvendando as teorias dos tratamentos das mazelas humanas em boas leituras.

Nas férias, o retorno ao seu lar para visitar seus pais é seu roteiro.

# 17

O maior desafio

Certo dia, um grande incidente chamou a atenção de todo o País. Um desastre ocorreu próximo onde vivia. Uma empresa de gás, cujas tubulações de uma empresa estatal que não zelou adequadamente pela conservação passavam por parte da cidade explodiu e atingiu dimensão considerável. Eram pessoas queimadas, crianças machucadas, grupos de resgate tentando dar conta de uma calamidade sem precedentes. O poder público já não conseguia dar conta de tamanha tristeza. A estimativa de feridos era de três mil pessoas.

Roger resolveu convocar alguns de seus colegas mais próximos e formou um grupo de apoio, improvisando uma tenda, igual à usada pelo Exército, onde passaram a receber os feridos e a prestar os primeiros socorros. Era uma guerra contra um desastre! Feridos, desespero, comoção nacional, e o Estado, quase sem recursos, não conseguindo dar apoio.

Donativos eram enviados de toda parte do país. Mas Roger via que as pessoas precisavam mais... Segundo ele, o clamor popular não era suficiente para amparar sentimentos aflitos e o desespero.

Primeiro, uma criança muito pobre é atendida com queimaduras nas costas, depois uma senhora com a perna quebrada. Eram seus primeiros pacientes. Roger começou a receber donativos que ele mesmo pedia nas redes sociais.

Os noticiários falavam em mais de três mil pessoas atingidas diretamente e mais duas mil desabrigadas por causa das explosões. Os hospitais públicos e privados não tinham lotação suficiente; era uma questão humanitária mesmo. E Roger estava lá, com toda sua doação e esforço.

Para dar atendimento adequado e não paralisar as atividades de acolhimento aos feridos, tentou buscar junto a seus colegas de curso pessoas que pudessem auxiliar. Mas notou que seu pequeno grupo de quatro pessoas eram as únicas que queriam prestar o serviço comunitário. Seus colegas não deram a mínima importância, tendo muitos zombado da atitude generosa de tratar os necessitados de graça. Afinal de contas, os estudantes universitários de seu meio eram formados por pessoas de classe alta e estavam ocupados com a vida fácil e repleta de privilégios.

Mas essa foi uma grande lição para Roger, que não esperava o desprezo e descaso de seus pares. Foi tomado de grande desilusão. Mas logo o trabalho afetuoso e o prazer que tinha em ser solidário fizeram esquecer a inação dos futuros médicos que entrariam infelizmente no mercado da profissão.

Dias e noites foram dedicados ininterruptamente ao atendimento por toda a equipe de futuros médicos.

18
A luz interior resplandece

Certa noite, Roger recebeu uma menina muito desnutrida, que descia de um dos morros da cidade. Fora atingida por estilhaços da explosão. Parte de sua pele foi arrancada do braço e a infecção já começava a tomar conta. As dores eram fortes e a mamãe, que acompanhava a filha, já não tinha mais forças para suportar. Roger prestou os primeiros socorros, limpando a pele, higienizando e cobrindo com ataduras após colocar medicação improvisada. Deixou a menina na maca, onde adormeceu juntamente com sua mãe. Roger, exausto e quase sem forças, adormeceu ao lado, dando a mão para a pequena Sara. As dores e os gemidos começavam a amenizar.

Nesse instante, Roger acordou, levantou e começou a percorrer aquele ambulatório improvisado. Quando olhou para trás, viu a pequena Sara, sua mãe e um estudante de Medicina ao lado segurando a mão da menina. Mas, no primeiro olhar, não reconheceu aquele voluntário, até que levou um enorme susto. Era ele próprio! Imediatamente voltou a olhar para si, tocando o seu jaleco, e disse:

– Meu Deus, o que está acontecendo?

Mil pensamentos vieram à sua mente.

– Estarei eu morto? Tudo isso é um sonho?

Mas uma sensação indescritível de bem-estar e leveza tomou conta de seu íntimo; percebia algo que nunca antes tinha sentido, algo que também não sabia explicar.

De repente, viu uma luz muito forte que caiu sobre o ambiente, e uma pessoa se materializa em sua frente, passando a conversar:

– Meu querido jovem, sua atitude frente aos acontecimentos nefastos vividos por esta gente toda tocou os planos superiores da vida, tendo atingido níveis que sequer você pode imaginar. Estamos do lado de cá acompanhando-o e dando as forças espirituais importantes para que essa tarefa de amor ao próximo seja realizada. Esteja certo de que não estará sozinho e será guiado em pensamento por benfeitores amoráveis das alturas. Não fique assustado com o que está vendo, permaneça com fé na tarefa e procure incentivar cada vez mais seus companheiros seareiros do bem. Como todo trabalho do bem na Terra, terá grandes desafios e percalços criados pelas forças inferiores que conduzem as trevas. Agora retorne ao seu trabalho e fique em paz.

Alguns minutos depois, Roger despertou e olhou em sua volta. Acordou e indagou mentalmente se aquilo fora um sonho ou realidade. Lembrou-se de sua experiência com Cecília e das palavras de Saulo.

Mas logo voltou aos seus afazeres, quando notou que a pequena Sara estava envolta numa luz que em princípio imaginava ser reflexo da rua. Logo se lembrou de que era noite e nada lá fora poderia refletir no corpo da menina. Olhou para a mão da menor e verificou que ela estava com uma cor rosada e envolta em forte luminosidade.

Sara estava bem.

Roger notava também que sua mão estava luminosa e que ao tocar em Sara as feridas amenizavam. Então, voltou a se lembrar do sonho – que pensava ser também uma realidade vivida –, quando uniu ambas coisas, descobrindo que talvez seu pensamento no bem pudesse ter interferido na melhora da menina.

Uma emoção tomou conta de seu coração. Tinha vontade de correr e gritar, mas uma força interior o segurou. Pensou que achariam loucura tal acontecimento e que seus colegas voluntários, por melhores pessoas que fossem, não tendo a mesma experiência que ele tinha vivido e aprendido, certamente achariam muito estranha tal história. Tinha que guardar para si mesmo e viver esta nova experiência.

Na manhã seguinte, Sara e sua mãe, notando uma melhora, que foi presenciada pelos demais voluntários, pois, embora a pele não tivesse sido reconstruída, começava a cicatrizar de forma rápida, sem infecção e ainda sem causar mais dores. Quase um milagre, diziam.

Mas tal episódio não podia ser contemplado com maior amplitude, porque mais e mais feridos vinham do centro da cidade em busca de apoio, porque não conseguiam mais vagas nos hospitais, abarrotados de gente ferida.

A equipe se redobrava da forma como podia; era tanta gente, que somente uma doação fora do normal, com um plantão ininterrupto, poderia dar conta. Mas Roger estava lá firme e pronto. Era uma verdadeira cena de batalha, cujo inimigo era o descaso humano e a falta de consciência das pessoas em cooperar. Roger notava que, se o sistema público funcionasse e se seus colegas abastados movessem interesses legítimos, contando inclusive com o apoio de seus familiares afortunados, tudo ficaria muito mais fácil.

Para tentar suprir a falta de conhecimento e pelo impedimento legal de ministrarem medicamentos, pois não eram médicos formados, solicitavam esclarecimentos de professores e médicos voluntários. Mesmo os professores tinham certa restrição, pois não atendiam telefones fora de certos horários e os médicos voluntários de outros cantos da cidade não davam conta de tantos atendimentos também.

O desânimo era gritante na pequena equipe. Além de enfrentarem o desespero das pessoas e sua própria carga emocional, ainda tinham que conviver com a desilusão de saber que certas pessoas que poderiam ajudar nada faziam.

Mais e mais pacientes chegavam, e nenhum apoio medicamentoso havia mais, porque o pouco que tinham já fora usado.

O que fazer nessa altura, perguntavam todos.

Roger, estando a atender um velho senhor que teve suas pernas totalmente queimadas, gemendo de dor e olhando no fundo dos olhos, resolveu colocar sua mão em cima dos ferimentos.

Mas, nesse meio tempo, um colega pediu ajuda para segurar uma senhora que tinha desmaiado, quando então Roger ouviu o senhor que atendia dizer:

– Não, doutor, deixe sua mão aí em cima de mim; estava aliviando minha dor.

Roger ficou impressionado com o relato, o que passou a ser percebido pelos demais colegas.

Voltou a aplicar a imposição das mãos por toda a região atendida, e o senhor adormeceu.

Ao acordar depois de três horas de sono, o senhor afirmou que estava sem dor. Ninguém acreditava naquilo e todos levantaram o lençol para ver o que tinha ocorrido. Era verdade, com toda aquela queimadura horrível aos olhos, o ancião festejava a melhora.

Então, num pequeno canto improvisado da tenda, os estudantes se reuniram para indagar a Roger sobre o que havia acontecido. Roger relatou o fato ocorrido na noite anterior, quando teria visto em sonho uma entidade, ou uma pessoa, e as palavras que esta lhe havia dito, inclusive direcionando aos demais integrantes. Todos ficaram repletos de lágrimas nos olhos, embora a novidade perturbasse a equipe.

Resolveram iniciar um tratamento experimental seguindo o praticado por Roger. A partir de agora, as pessoas seriam recebidas, colocadas em macas, teriam suas feridas limpas e, após os primeiros socorros materiais, justamente pela ausência de auxílio dos professores e escassez de medicamentos, iriam aplicar a imposição das mãos juntamente com uma prece e bons pensamentos.

Já nos primeiros atendimentos que se seguiram ao novo experimento, o resultado prático motivou a todos. Eram muitos necessitados, e as mazelas eram profundas. Mas notavam que, embora fosse o único meio de conseguirem alguma melhora, o tratamento proposto era um sucesso. De antemão viam que as pessoas se acalmavam e o lado psicológico delas começava a contribuir a favor de todos. As dores eram amenizadas e as cicatrizações aceleravam mil por cento mais.

A notícia correu como um relâmpago, e logo a região ficou sabendo do acontecido. Eram pacientes de toda parte. O pequeno grupo teve que contar com o auxílio de comerciantes, e foram para o outro lado da cidade, num grande depósito desativado, visando a contar com espaço para receber tantos flagelos humanos. Filas se formavam em alguns quarteirões, mas ninguém deixava de receber o atendimento humano necessário.

Em poucas semanas, até o secretário de Saúde da cidade tinha ido conhecer o atendimento. O prefeito e deputados tentaram ganhar fama com suposto apoio ao grupo, que preferia ficar anônimo.

A multidão que assistia ao grupo ficava maravilhada com tamanha dedicação. Mães se faziam presentes, unindo-se com outros tantos grupos que se vinculavam à obra de solidariedade. O lugar passou a ser um local de romaria; caravanas se organizavam de todas as partes do Estado para recebimento de ajuda na saúde. Já não eram somente atendidos os problemas da grande tragédia. Pessoas com outros problemas também chegavam para receber atendimento. O caso tomou grande proporção, e os meios de comunicação iniciaram uma campanha nacional de notícias.

19
Embate com autoridade

Mas, infelizmente, a notícia chegou às entidades de classe, que enviaram mensageiros para checarem as informações sobre eventual irregularidade patrocinada pelos futuros médicos, que estavam utilizando outros métodos para tratamento, em princípio sem a presença de um profissional habilitado, com o local improvisado para atender pessoas na área da saúde.

Certo dia, então, um fiscal bateu às portas do local, e Roger estava providenciando o socorro a uma menina com dores no abdômen. Ministrando a famosa imposição das mãos, Roger acalmou as dores da pequena. O representante de um dos Conselhos se aproximou e se identificou dizendo:

— Não sei se o senhor sabe, mas exercício irregular de medicina e curandeirismo são crimes. Além do mais, este local não é adequado para atendimento de pessoas enfermas, e vocês sequer têm alvará de funcionamento.

Roger, extremamente incomodado, viu uma força interior disparar como se não tivesse controle, e passou a dominá-lo; ele quase perdeu a consciência de tamanha energia que não conseguia entender. Notou que as palavras saíam de sua boca e a emoção tomou conta dele como nunca antes tinha acontecido. Reparou que se tratava de uma força superior que se aproximara e irradiara os pensamentos, como num processo de transe, embora continuasse plenamente lúcido, e disse:

— Vejo que o ilustre guardião da entidade está mais preocupado com suas papeletas do que com o atendimento dos enfermos. Saiba o senhor que ninguém gostaria de estar aqui nestas condições e muito menos ver as pessoas passando pela atual situação de vida. Certamente, se elas buscam este lugar de amor e conforto espiritual é porque a sua entidade falhou lá atrás e o Estado nada faz para disputar tal atendimento. Aqui recebemos milhares de pessoas por mês, sem cobrar um centavo, e os resultados do carinho têm sido satisfatórios, pelo menos do ponto de vista da realização dos pacientes. Percebo que as preocupações do ilustre cidadão são apenas constatações de erros alheios, embora sem qualquer gesto de solidariedade que poderia contribuir, e muito, para incentivar os poucos colaboradores que doam seu sagrado tempo de graça nesta obra que certamente transcende o seu entendimento mundano e materialista.

A força superior que operava em Roger era tamanha, que ele se sentia levitando, conquanto ouvia atentamente prosseguir no diálogo das estrelas:

— Vejo nitidamente que o cavalheiro tem uma família atualmente vivendo descompassos existenciais, por conta das escolhas malsucedidas patrocinadas pelo ilustre cidadão. Sua filha mais velha não dirige uma palavra faz exatamente sete anos. Já o filho mais novo tem transtornos de pânico todas as noites, embora os medicamentos sejam ministrados a cada doze horas sem qualquer êxito. Sua esposa, já cansada de tanto sofrimento, já tentou por duas oportunidades abreviar a vida e tem crises constantes de choro. Não por acaso todas essas situações têm o nascedouro no relacionamento extraconjugal que corrói o núcleo familiar, enquanto a companheira oculta se vale da relação para se apoderar de sua condição financeira.

Enquanto ouvia, apavorado, tamanha verdade, quase sem saber o que fazer, olhava ao redor, e a multidão surpresa acompanhava a tudo. Seus colegas de profissão olhavam para o agente da inspeção, e todos foram mergulhados em preocupação de um fenômeno absolutamente novo e assustador, pois verificavam que não tinha como Roger saber de tantas coisas, sendo todas elas faladas com a força de um furacão.

Os dois outros colegas que acompanhavam o inspetor tentaram reagir, mas ficaram com medo de uma reação à altura contra eles também.

Finalmente, a força, que como uma luz do céu descia, consumou:

– Se todos vocês fossem tomados por tamanho propósito no bem, suas vidas não estariam como estão. Aqui só há pessoas de bem. Nenhuma intervenção na área médica está sendo realizada, embora o resultado seja aquilo que é possível devido à ausência de médicos voluntários que utilizassem seus conhecimentos para tratar nossos irmãos enfermos. Estranhamente, quando tudo aqui começou e as pessoas estavam jogadas à sorte, ninguém dos senhores procurou assistir os pacientes. Mas agora, depois de muito tempo de descaso, vêm criticar o serviço humanitário. É muita impertinência!

Como num passe de mágica, os três cidadãos sumiram e nunca mais apareceram.

Próximos a Roger, os demais pacientes aglomerados nas macas, seus familiares, a própria equipe e muitas outras pessoas que assistiram a tudo ficaram impressionados com tamanha lição de vida.

20

Explicações do Alto

Assim, quando tudo parecia ter terminado, as pessoas queriam saber como Roger sabia daqueles fatos que, certamente verdadeiros, deixaram os agentes atônitos.

Notaram que Roger estava paralisado, como se anestesiado e tentando voltar com seu movimento normal. Um tal estado de meditação teria acometido o futuro doutor que exerça celestial medicina do bem.

Ao se recuperar, Roger disse que não era ele. Tratava-se de uma força descomunal do bem que o envolveu, tudo devido à afinidade de pensamento no bem. Notou uma luz que se aproximava e pediu licença para ser interlocutora, pois a situação era urgente e tamanha, que necessitava de um tom grave e com conhecimento específico.

Começou a chorar e quase não conseguia parar. Uma emoção dominava a todos, quando continuou:

– Lembram-se daquela entidade que se aproximou naquela noite em que tudo começou? Justamente ela parece ter nos ajudado. Era luz, muita paz e um amor como nunca havia presenciado nem nos meus momentos de maior dedicação a essa causa. Fiquei com toda a sensação dela; quando ela dissertava, entendia na minha mente tudo o que ela dizia. Sentia seu afeto e ao mesmo tempo sua indignação. Agora tenho certeza de que não estamos sós. Hoje somos apenas um, nós aqui e eles ali. Uma família em plena redenção. O mais impressionante é que todos nós estamos agindo com o dever do bem e eles todos agem através de nós o tempo inteiro, seja nas ideias, seja na emanação de energia pelas mãos. Mas muito mais eles têm feito, porquanto, mesmo sem a nossa presença neste ambiente preparado com assepsia, eles agem em benefício de todos. Nós, os colaboradores, somos agraciados pelas luzes sublimes invisíveis e por isso dormimos pouco, não somos infectados pelas doenças dos pacientes e estamos sempre com alegria e dispostos.

E continuou em tom elevado:

– Peço a todos que elevemos juntos o pensamento ao Senhor dos mundos numa prece de agradecimento.

E a prece foi feita:

– Pai de infinita bondade e justiça, nós deste posto de atendimento dos homens agradecemos o amparo e carinho recebidos. Estamos gratos pelas bênçãos de luz despejadas nos irmãos que aqui buscam socorro. Somos testemunhas de seu infinito amor e justiça e da grandiosidade de sua misericórdia que a todos envolve e conforta. Sua luz é bálsamo em proveito de todos, Senhor rei da natureza e dos homens. Muito obrigado.

Em seguida, a face de Roger começou a transfigurar-se. Sua voz ficou extremamente mais aguda, num tom absolutamente diferente do usual. Todos notavam que mais uma vez era um daqueles fenômenos a que Roger se referira.

Foi quando pelos lábios do futuro médico ouviu-se uma palavra amiga:

– Desejo a todos uma noite repleta de luz e esperança. Enquanto a natureza trabalha em proveito de todos, enquanto as galáxias são conduzidas por mãos amigas e pela excelsa presença de nosso Pai amoroso, aqui na Terra poucos lugares servem de exemplo moral para as criaturas humanas. Hoje as luzes sublimes do firmamento se encontram presentes neste ambiente de amparo e caridade. Mensageiros do Alto reforçam as fileiras do bem neste pequeno espaço terreno, com o objetivo de engrossar este pequeno exército salvador. O que os irmãos estão recebendo em mensagens e auxílio é a prova viva de que existe uma vida além da vida. Nossos esforços são comuns ao desespero dos aflitos, por isso estamos aqui.

Seguiu-se um alerta:

– Mas é preciso que falemos de um tema muito, mas muito importante para todas as pessoas que trabalham com as forças do mundo espiritual. Ocorre que quando há um auxílio muito grande do lado de cá, normalmente os encarnados têm a ilusão de que eles é que são os poderosos. E justamente aí é que vem um dos grandes enganos da humanidade. A mediunidade faz com que a luva leve a fama de todo o esforço que a mão faz. Os médiuns começam a curar, prever o futuro e a emanar energias que no mais das vezes não lhes pertencem e que podem ser retiradas de um momento para outro. E qual o resultado disso? A vaidade, a ganância, a ambição dominam os médiuns que se esquecem do essencial: nada lhes pertence.

A entidade espiritual, que neste momento dominava o trabalhador do bem, continuou a bela dissertação moral:

— Meus irmãos, como a arma dada à criança ou o objeto cortante entregue ao assassino, a mediunidade é ferramenta que mal utilizada pode destruir e causar enorme prejuízo. Eu venho do Alto portando uma lição que deve ser efetivamente compreendida por todos vocês. Todas as pessoas são médiuns, sendo que cada uma tem a sua particularidade. Algumas têm uma situação interessante: elas curam e quase ressuscitam as pessoas. Começam a atrair a atenção da mídia, e a fama vem com tudo. Mas lembrem-se: nada lhes pertence. Daí frequentam os meios sociais, as altas festas, são chamados a eventos, e propostas começam a lhes bater às portas. Mas até aqui nada de diferente da vida em si, pois a beleza física, a fortuna e o poder também não pertencem às pessoas, já que, quando a morte vem, deixam tudo para trás. Mas eu não desejaria que isso ocorresse com vocês, principalmente porque sabemos que a fraqueza humana sempre fala mais alto. Hoje digo com toda a certeza que todo o cuidado é pouco. Já foi consagrado nas obras espíritas de nosso irmão Chico Xavier que quando o médium abusa dessa faculdade, a primeira consequência é a retirada, o afastamento, dos bons espíritos de perto, e ele começa a ficar sozinho e a ser procurado por espíritos inferiores, que se interessam pelas práticas menos evoluídas daquele médium.

A conversa era uma aula magna, todos atentos e plenamente interessados pelas lições.

— Por isso, faço um pedido muito especial a todos: não se deixem iludir pelas facilidades da vida. Afastem-se dos holofotes da mídia, das honrarias e homenagens terrenas, das retribuições pelas curas e jamais peçam algo em troca pelos serviços no bem. Façam o bem simplesmente pelo prazer de fazer o bem; isso já basta. O único benefício que se pode esperar da mediunidade é a luz interna que se acende na prática do bem.

Era um banquete as recomendações vindas do Alto por entidade de tamanha envergadura moral. A veneranda entidade ao final concluiu:

— Estaremos sempre juntos no caminho do bem, e nada temam. Fiquem em paz.

A noite foi uma bênção que perdurou por muitos dias nas mentes daqueles seareiros do bem.

21
Descobrimento do invisível

Roger via em cada instante uma ótima oportunidade de reviver momentos que lhe causavam lembrança agradável do Sul. Era já primavera, e aquele sentimento de ternura tomava conta dele. Ao percorrer, caminhando passo a passo, a orla de Copacabana, era tomado pelo encanto das lembranças daqueles instantes em que saíra de casa e fora viver em companhia do mar. Agora o momento era outro; mais maduro, enxergava o mundo com outros olhos. As pessoas eram seus irmãos, e com elas se estabelecia uma relação que desconhecia. Não era mais tão impulsivo e precipitado. Estava seguro de como agir e como manter a serenidade adquirida pelo rolar dos anos. Tudo permanecia vivo em sua mente, inclusive a firme lembrança da doce amiga que muito lhe ensinou.

Seu coração batia no sentimento da fraternidade, da compaixão e do alto sentimento de responsabilidade com aquela situação catastrófica a que a população local estava submetida. No seu interior realmente desconhecia o descaso do governo em permitir tão escassos recursos na saúde. Era um mar de desespero e conflitos. Havia machucados físicos e muita lesão no coração das pessoas, que estavam enfrentando um desastre em suas vidas. Mesmo para aquelas pessoas que não foram atingidas, mas tinham familiares e conhecidos envolvidos, era um abolo emocional doloroso. O clima dentro dos lares de toda a população era de desolação.

Foi nesse raro momento de descanso que, de fronte ao mar, ao parar nas areias quentes do Rio de Janeiro, deitou-se e adormeceu no balanço das ondas e no brilho daquela atmosfera envolvente. O vento da tarde tocava no ritmo da natureza exuberante. A temperatura era excepcional, com o frescor daqueles dias inesquecíveis. O sol envolvia o mar no cair da tarde e a energia da natureza contagiava.

Achou muito estranho porque parecia que ao serenar sua mente e repousar no sono, estava acordado, mas ao mesmo tempo dormindo. E saiu a caminhar, sentindo-se mais leve e fortalecido. Realmente não entendia aquela força nova. De repente, olhou para trás e viu-se ali, esticado, deitado. Como isso? – perguntou-se num rápido pensamento: estava vivo, mas ao mesmo tempo longe de si mesmo...

Uma paz indescritível tomou conta de Roger, que logo apaziguou seu receio.

– Meu Deus! O que está acontecendo?

Passou a entender que ele realmente estava deitado, isto é, seu corpo ou ele mesmo. Entretanto, estava livre em espírito.

– Incrível! – dizia, alegre.

Via que era hora de voltar, e se dirigiu ao local de trabalho, ao posto de atendimento improvisado que atendia à comunidade. Nas ruas próximas notava pessoas caídas sem atendimento. Não sabia qual o motivo de aquelas pessoas estarem ali, uma vez que quando tinha saído para a caminhada na beira-mar as pessoas já estavam acomodadas em macas e muitas delas sendo atendidas pela população e grupos de atendimento do Estado. Ao se aproximar de uma garota, notou que ela estava desesperada. Tocou-a amorosamente e tentou levar um conforto perguntando o que estava sentindo. Disse ela que era momento de dor e que não entendia o porquê daquele acontecimento e do descaso das pessoas. Roger referiu que não havia por que temer, pois todos estavam fazendo o seu melhor, e as pessoas na medida do possível estavam sendo atendidas.

A menina disse que ninguém ouvia seu pedido de socorro e já estava naquela situação fazia duas longas semanas. O "doutor do bem" achou muito confuso o que a garota lhe dizia e resolveu levá-la em seus braços ao posto de socorro, tocado pela figura frágil e pela voz meiga. Conforme caminhava, via mais e mais pessoas nas mesmas condições e com as mesmas queixas: "Ninguém nos socorre". Gemidos, palavras de socorro, mãos esticadas pedindo ajuda.

O futuro médico estava comovido com aquela cena e começou a ir mais e mais rápido com a paciente em seu poder.

Quando entrou na enfermaria comunitária, lá estavam seus colegas, e logo avisou que era hora de correrem porque havia muitas pessoas sem atendimento pelas ruas. Pediu para todos pegarem os materiais de primeiros socorros e algumas macas. Solicitou que fossem chamados novos companheiros e a presença talvez de algum reforço público, como ambulância, porque via a situação bem grave em alguns casos clínicos.

Colocou a menina numa maca, cobriu com um lençol e iniciou os primeiros atendimentos. Olhou no semblante da menina, e um pequeno sorriso lhe retribuiu todo seu esforço.

Mas notou uma indiferença de seus companheiros, nenhuma palavra de solidariedade, todos envolvidos com seus atendimentos.

Roger parou nesse instante tudo que estava fazendo e se dirigiu em especial a Lucas, um de seus colegas. Mas ele simplesmente não disse nada de volta.

Num ar de tristeza com o acontecimento, ouviu os colegas dizerem: "Mas por onde deve andar o Roger nestas horas? Ele nos deixou sozinhos aqui, com tanto a ser feito!".

Roger levou um enorme susto. Que loucura era aquela? Ninguém lhe respondia e ainda diziam que ele não estava ali.

Sua mente ficou perturbada e não conseguia concatenar corretamente as ideias. De um momento para outro, lembrou-se daqueles instantes em que estava dormindo e que aquilo poderia ter certa ligação.

Roger acordou assustado e viu o mar... Tudo não passava de um sonho, mas que sonho! – dizia ele. Sabe que é hora de voltar ao seu ministério, e voltou meditando sobre o sonho. Mas para ele tudo era tão real e fazia tanto sentido!

Foi quando percebeu o significado do ocorrido. Conseguiu unir os fatos e ver a vida por vários ângulos. Ponderou que eram pessoas nos dois estágios de vida. As pessoas que tinha visto enquanto adormeceu eram aquelas que desencarnaram na tragédia, mas achavam que ainda estavam no corpo da carne. Pediam socorro, e os médicos, bombeiros e voluntários do mundo físico não as enxergavam. Mas ele, Roger, ao perceber isso, conseguiu alcançar as pessoas aflitas na espiritualidade.

Mas não sabia como proceder.

Nesse particular, via apenas uma solução: procurar estudar, conhecer e pesquisar o fenômeno que estava vivendo.

Ao voltar ao local de atendimento, vê seus companheiros e imediatamente os cumprimenta, mas não reúne ânimo para confidenciar tais fatos, porque ele mesmo não conhecia. Uma senhora que frequentava a região, com que Roger mantinha contato frequente, viu a inquietação dele e resolveu ajudá-lo. Foi então que a dita senhora lhe falou sobre a Federação Espírita do Rio de Janeiro. Mais uma vez, Roger estava frente ao Espiritismo. O conhecimento de que participava sua amiga falecida parece chamá-lo ao convívio.

22
Mensagem divina

Num dos finais de semana Roger entrou numa sociedade espírita localizada nas proximidades de São Gonçalo. Sentou-se e passou a assistir à exposição de um senhor de cabelos brancos, com a voz tranquila a falar dos dons que Deus nos dá e de nosso dever com o meio em que vivemos. Aquele assunto foi comovente e as lágrimas caíram com o sorriso dos dias em que vivia aquele instante.

No final daquela doutrinação, Roger foi convidado pelos participantes que lhe solicitaram uma orientação espiritual, aquela em que há solicitação de uma psicografia visando a orientar a vida das pessoas no crescimento espiritual.

Roger, enquanto aguardava tais notícias do Alto, ficou em prece e recolhido em pensamentos que lhe eram íntimos de fraternidade e preocupação com o próximo.

Até que foi chamado e lhe entregaram a esperançosa informação do além, que dizia:

Querido Roger:

Estamos felizes em vê-lo como sempre, operante e firme no bem.

Devo dizer que a semente que o Alto depositou em ti está gerando resultado. Continua firme no trabalho e conectado com a caridade. Teus pensamentos muitas vezes são recados do Alto, direcionados através da intuição para que teu agir seja o mais profícuo possível.

Tenha certeza que não estás só.

A obra em que estás trabalhando não é somente de tua responsabilidade, mas também do Alto.

Sabemos de teus pensamentos mais íntimos e temos tentado te ajudar.

Como espírito no caminho do bem, ao longo de tuas vidas tens melhorado e em cada existência dando um passo no crescimento interior.

O fenômeno que estás vivendo chama-se mediunidade, sendo conhecida da humanidade pelos trabalhos de nosso irmão Allan Kardec. O contato mais próximo com o Espiritismo facilitaria e muito sua vida e de seus irmãos.

Continua firme!

Amigos do Alto.

Ao ler tal mensagem, houve uma explosão de alegria. As lágrimas não conseguiam ser contidas. Mil pensamentos tomavam conta de Roger.

Via naquelas letras acolhedoras um estímulo a mais. Mas era mais do que tudo isso. Era a prova de que suas experiências e forças adquiridas tinham uma força especial do além. Iniciava, então, dentro de si um novo ciclo. Percebia que estava, além de esclarecido, fortalecido.

O caminho era aquele já iniciado: o trabalho no auxílio humanitário. Entretanto, sabia que as informações adicionais deveriam ser conseguidas conforme a mensagem do além. Era hora de começar a estudar seriamente aquilo que várias vezes em sua vida já teria sido recomendado, qual seja, o estudo do Espiritismo. Em particular, estudar o fenômeno da mediunidade lhe seria útil e eficaz no intercâmbio com os amigos celestes, ainda mais com a experiência vivida em Copacabana enquanto se desprendeu do corpo e viu de perto o lado espiritual no campo de batalha de suas atividades de assistência no mundo físico. Tinha certeza de que tantos acontecimentos seguidos foram uma condução da espiritualidade que o acompanhava em cada momento.

Em momento algum pensava em recuar, porquanto estava adorando as sucessivas novidades apresentadas. Porém, sua situação era de pedir ajuda para lidar com as novas experiências.

Não pensou duas vezes, iniciando o estudo do *Livro dos Espíritos* e do *Livro dos Médiuns*.

Os meses se passaram, e Roger dividia o seu dia em três turnos. Pela manhã frequentava a Faculdade de Medicina, à tarde atendia os carentes ainda nas tendas improvisadas e com toda dificuldade material e humana, e à noite sempre estudava Medicina e Espiritismo.

O tempo foi passando até a tragédia da região – como qualquer outra – um dia ficar amenizada. As dores foram cicatrizando, embora a lembrança permanecesse viva no íntimo das pessoas. Mas àquela altura já não havia uma exigência tão grande, pois o que mais existia no Rio de Janeiro era a escassez de recursos da população, entretida com a violência, a falência do Estado e a deterioração de uma sociedade cansada de tanta corrupção. Naquele período muitas operações criminais dos órgãos de repressão nacionais repercutiam na prisão de deputados, prefeitos, governadores, entre outros políticos, e empresários de todo país, embora o local mais atingido fosse aquela cidade maravilhosa.

As atividades continuaram por meses, e, em que pese não conseguirem atender a todos com os amparos materiais necessários, houve profunda difusão do amor naquele ambiente. As pessoas levavam para seus lares o sentimento de que Deus estava vivo nos corações das pessoas amigas.

Os jovens futuros médicos dividiam seus afazeres, revezando-se, repartindo seu tempo entre o estudo, a frequência à faculdade e as atividades voluntárias.

Tão logo os infortúnios da catástrofe foram diminuindo, o local passou a ser um ponto de atendimento às inúmeras queixas de saúde da população, não apenas daquela cidade, mas de toda parte do país.

23

O inesperado

Foi numa noite repleta de confraternização, num raro momento de descontração da equipe, que as respostas sobre as questões mais ocultas surgiram. Roger estava sentado aguardando a refeição, enquanto alguns colegas de caridade preparavam a deliciosa ceia, quando pediu licença para proferir uma pequena prece de agradecimento pelos momentos vividos e pela satisfação de todos estarem envoltos de proteção sublime. Convidou para fecharem os olhos e alçarem o pensamento até Jesus. Foi quando uma força indominável o tomou de surpresa e passou a dizer:

Amigos, seareiros do bem!

Nada mais recompensador do que, após longo período de luta no bem, atendendo irmãos do caminho, podermos estar juntos nesta reunião harmoniosa.

Estamos sempre juntos a todos e com firme propósito de irmandade em nome das forças eternas da vida.

Aquele a quem devemos tudo observa-nos calmamente, deixando-nos a serviço da paz universal.

Hoje é dia de agradecermos as grandes conquistas interiores adquiridas, na balança eterna da existência.

Já não somos mais como antes; somos melhores.

Mas muito temos que aprender de acordo com as infinitas lições da existência.

Durante longo período fomos preparados pela natureza para servirmos. Passamos em todos os estágios da vida, desde o reino mineral, passando pelo vegetal, e hoje estamos em passo acelerado no homem-animal. Mas há mais... Estamos rumo ao plano excelso da vida.

Sei que pode soar estranho, mas os anjos também estão em aperfeiçoamento, rumo ao Pai.

Temos a exata convicção de que ainda em planos superiores irmãos nos observam e nos intuem para o melhor trabalho.

Deixamos neste momento, além de uma palavra de amor, um ensinamento para que todos possam fazer bom uso: as dificuldades sempre existirão neste reino terreno, assim como o mestre nazareno foi um emissário do Pai e sofreu as agruras da carne, todos os demais terão, mais ou menos, suas batalhas pessoais a passarem. Isso torna ainda mais encantadora a jornada rumo ao excelso Senhor dos mundos.

Muitas lições já foram despejadas em todos os cantos dos planetas, sob as mais diferentes denominações culturais e religiosas, em que pese muita gente teimar que a verdade está nesta ou naquela religião ou cultura. A verdadeira conquista, meus irmãos, está dentro de cada um. Somente neste lugar encontramos a paz e as verdadeiras razões do Senhor. Por isso, pedimos que a prece seja exercício diário antes e depois de qualquer tarefa.

Vamos em frente, cumprindo os verdadeiros desígnios da vida.

Roger, a ti dirijo os mais sinceros desejos na continuidade do bem. Estamos juntos nesta tarefa redentora de fraternidade, meu querido.

Luz e paz a todos.

Fraternalmente,

Cecília.

Já era tarde, e as luzes da lua iluminavam o ambiente físico e espiritual. Ninguém teve coragem de comentar os ensinamentos. Todos se emocionaram, e as lágrimas banharam a alegria da confraternização. Roger tinha mais para agradecer pelo Alto, porque era sua velha amiga se comunicando. Após a janta e um abraço coletivo, todos se dirigiram aos seus aposentos, aguardando a chegada do novo dia para a continuidade das tarefas.

24
"Aqui viveu um grande homem"

Conforme o tempo foi passando, as mazelas do grande acidente foram cicatrizando as feridas e as enfermidades da população. Assim todos notaram que os frequentadores do lugarejo na verdade buscavam o conforto interior. Embora na maioria das vezes existissem doenças físicas, a percepção do grupo de trabalhadores, liderado por Roger, era de que tais doenças só existiam em face de questões internas das pessoas.

Os atendimentos passaram a ser basicamente de preces e imposição das mãos, rogando ao Alto o pleno restabelecimento das pessoas.

E os resultados eram impressionantes. De imediato vinha o alívio, a paz interior. Com o passar do tempo, diminuíam os efeitos das enfermidades. Justamente por isso todos resolveram iniciar atividades puramente espirituais, sem qualquer manipulação nos pacientes. A primeira tarefa instalada foi a fluidoterapia, pela imposição das mãos nos assistidos. Em seguida, lições sublimes do Evangelho de Jesus, lendo trechos bíblicos e também do *Evangelho Segundo o Espiritismo*. A procura por novos conhecimentos fez com que Roger obtivesse maiores esclarecimentos junto aos mentores, com o objetivo de aperfeiçoar ainda mais os trabalhos. Resolveu conversar com o antigo companheiro Saulo, amigo de Cecília, com quem teve lições memoráveis sobre a doutrina dos espíritos. Nessa época Saulo estava, além de mais velho, muito doente, mas mesmo assim foi para o Rio de Janeiro auxiliar.

Quando Saulo chegou no posto de atendimento, parecia muito frágil e com avançada enfermidade cardíaca.

Não deu tempo de sequer conversarem muito, já que todos viram que o próximo atendimento inexoravelmente deveria ser no próprio Saulo. Então, convidaram-no a deitar-se num dos leitos, e o auxílio teve início. Através de sessões pelas mãos, Saulo reconquistou sua plenitude física. E ficou envolvido com o trabalho daqueles jovens promissores. Sua alegria era tamanha, que todas as suas novas forças foram em agradecimento ao grupo de amigos notáveis que exerciam a prática no bem.

Foi assim que a maior instituição espírita do Rio de Janeiro foi fundada, com o auxílio de Saulo, homem virtuoso e que enxergava naqueles jovens um futuro sublime no bem. Tal instituição passou a ser reconhecida mundialmente. Inúmeros departamentos foram organizados sob a regência de Saulo. A sintonia entre a equipe de voluntários e os espíritos era tanta, que a transfusão de energia era elemento curativo aos pacientes. Era um lugar onde se cultivavam os princípios cristãos de Jesus através das belas lições do Espiritismo.

Roger já era popularmente conhecido no trabalho do bem. Pessoa discreta e muito reservada, era dotado de um carisma indescritível e incomparável, sempre pronto para atender e dialogar com todos. Pela sua postura diferenciada, poucos o entendiam.

A vida foi passando até que Roger se formou em Medicina. Sua especialidade era clínica geral e homeopatia. Durante toda sua vida atendeu centenas de milhares de pessoas, entre elas cidadãos influentes de seu país e do exterior. Ministros, senadores, deputados, presidentes da República, chefes de países estrangeiro, além de cantores, atores, etc. Mas nada disso lhe interessava. Vivia modestamente e em companhia de sua esposa, com quem teve dois lindos filhos.

Após seu desenlace físico, continuou a praticar o bem na vida além-túmulo. Na localidade onde passou a ser constituído um Centro Espírita e onde atuou por quase seis décadas, foi homenageado *post mortem* com o nome da rua daquele velho ginásio, que também recebeu seu nome: Ginásio Estadual Doutor Roger, onde fazia parte do complexo espiritual. Morreu aos 85 anos e em plena atividade.

Um exemplo de vida a ser seguido...

Aqui viveu um grande homem.